書下ろし

長編時代官能小説

おんな曼《まん》陀《だ》羅《ら》

睦月影郎

祥伝社文庫

目次

第一章　医術は淫術なり

一

「玄馬《げんば》。間もなく、殿が江戸からお帰りになる。わしも忙しくなるので、姫様ほか、ご家中の見立てはお前に任せることが多くなるぞ」

「ははっ」

師匠の山尾忠斎《やまおちゆうさい》に言われ、結城《ゆうき》玄馬は平伏して答えた。しかし内心、果たして自分に大役が務まるだろうかと不安になった。

「お前ももう十七だ。よくわしの教えに従い、一人前と言っても良い腕になった。殿の帰参を機に見習いではなく、医師としての名を、これからは玄庵《げんあん》と名乗るがよい」

「は……」

「結城玄庵、よい名だ」

忠斎は満足げに頷《うなず》いた。確かに、医者らしい名ではある。だが今までは師について手伝いをしていただけなのだから、そんな大それた名を冠して良いものか、彼はますます緊張した。

だいいち男の見立てならともかく、姫様となると彼はまだ女のことなど何も知らないのである。忠斎とともに見立てをしたときも、熱を出した姫の額《ひたい》を冷やし、煎《せん》じた薬草を服《の》ませたのみで、身体《からだ》の方は一向に診《み》ていないのだった。

「今日は、これから甚兵衛《じんべえ》の家に行って薬草を取ってきてくれ。今は城内も問題はないから、今夜は御幸《みゆき》ヶ浜《はま》に泊まり、そちらの様子を見てくるように」

「承知いたしました」

忠斎に言われ、玄馬は彼の部屋を辞した。

結城玄馬は、ここ小田浜《おだはま》藩、喜多岡《きたおか》家の家臣だった。

小田浜は、江戸から南西に二十里（八十キロ）足らず、南に海を西に富士を臨む風光明媚《ふうこうめいび》な土地である。城は白亜三層の天守を持ち、温厚な城主正興《まさおき》の人柄もあり、山の幸や海産物に恵まれた城下の人々も穏《おだ》やかに暮らしていた。

玄馬の家は、代々典医を務めていたが、幼い頃に母を亡くし、つい先年父を失って家督を継《つ》いだばかりだった。五十歳になる忠斎は、亡父の兄弟子に当たり、典医を代行して何かと玄馬を仕込んできてくれた。

しかし医者と言っても、脈や呼吸の乱れ、訴える症状に合わせて薬草を調合し、時には灸《きゅう》を据える程度であった。それでも忠斎ほどになれば、顔色や匂い、肌の張りなどから大体の病状を察し、適確な処置を施《ほどこ》すことができた。

忠斎は頭を綺麗に剃《そ》り上げ、玄馬は総髪に髷《まげ》を結っていた。衣装は縫腋《ほうえき》に脇差《わきざし》を帯びている。

やがて玄馬は、城を出て西に向かった。これから城下を外れた山麓の百姓家、甚兵衛方を訪ねるのだ。

そこは薬草に使う多くの草花が栽培され、忠斎に言われた草を取りに行き、生育が順調であるか、足りないものはないかと見て回るのも玄馬の仕事なのだった。

（それにしても、女を知らなければいけないな……）

玄馬は歩きながら思った。

風もすっかり春めき、桜の蕾《つぼみ》も膨《ふく》らみはじめている。

安永《あんえい》五年（一七七六）二月。将軍は十代の家治《いえはる》。四十になる主君の喜多岡正興が小田浜に帰ってくるのは来月だった。

十七ともなれば、玄馬も淫気が旺盛になり、夜毎《よごと》の手すさびの回数も増えていた。

しかし忠斎は何しろ堅物《かたぶつ》で、医術には長《た》けていても色事にはとんと関心がないようで、玄馬がそうしたことに悩んでいることにも気がつかないようだった。

他の家臣のように早々と嫁をもらったり、あるいは城下の色町にて体験を済ませるものもいたが、何しろ忠斎は忙しく、そのたびに玄馬は夜中でも叩き起こされて付き添う日々が続いていたのである。

まず、忠斎に相談するわけにはいかなかった。女の陰戸《ほと》を見るのも医術に必要と思うのだが、あの師は特に女の肉体について教授してくれるようなことはない。姫君の羞恥《しゅうち》を慮《おもんぱか》るのは分かるし畏《おそ》れ多いが、他の側室に対しても同様だった。

となれば、空いた時間に自分で機会を持ち、勉強するしかないのだろう。

とにかく玄馬は、性的な好奇心と仕事のためという二つの理由から、女体への関心が異様に高まっていたのである。

半刻（約一時間）ほど歩いて甚兵衛の家に行くと、女房のたつが出迎えてくれた。

甚兵衛は四十になるが、この若い新造はまだ二十三。男の子が産まれたばかりだが、実に働き者だった。

今日も彼女は、籠に赤子を入れて草むらに置き、薬草の手入れをしていた。

野良仕事が多い割には、色白で豊満、なかなかの美形だから、時には玄馬の手すさびの妄想にも登場する女だった。

（たつに、手ほどきを頼んでしまおうか……）

玄馬は、淫気を溜め込みながら思った。

頼めば、喜んで簡単にしてくれそうな気がする。亭主は年だし忙しいからだ。あるいは意に染まぬまでも、藩士の頼みとして渋々応ずるかも知れない。

（いや、やはりそれはいけない……）

確かに甚兵衛の家は、喜多岡家の庇護の許《もと》で比較的裕福な暮らしができるとはいえ、その威光で身体を開かせるのは、玄馬の本意とするところではなかった。

彼は何も、女を犯したいのではないのだ。相手の協力を得て、一から手取り足取り教えて欲しいだけなのである。

「これは、結城様！」

たつが気づき、薬草畑を出てきて草むらに平伏した。汗ばんだ胸元が大きく開き、白く豊かな乳房まで見えてしまった。いつでも赤子に乳を含ませられるよう、胸を開けていたようだった。

「あ、いやいや、どうか続けてください。様子を見に来ただけですから」

玄馬が言っても、たつは赤子の籠を抱えて家に入り、すぐに茶を淹《い》れてくれた。

「甚兵衛さんは」

「間もなく戻ります。昨日から姥山《うばやま》の方へ」

「そうですか。今日は、千振《せんぶり》と艾《よもぎ》を持って帰ろうかと」

「承知いたしました」

たつは、湯呑みを差し出すと、すぐに乾燥させてある薬草を採りに行った。草や野山の香りの中にも、彼女の甘ったるい体臭と乳の匂いが混じっているような気がした。

姥山というのは、小田浜藩の所領のひとつで、箱根《はこね》と足柄《あしがら》の中間にある里である。その里では戦国の世から代々、喜多岡家のために素破《すっぱ》（忍者）が養育され、日々体術の鍛錬《たんれん》に明け暮れているのだった。

むろん素破となれば薬草の知識にも長け、山々に自生する草花の採集も業とし、それを甚兵衛方に届けに来るのも里人の務めであった。そして甚兵衛も、今回のように自ら姥山に出向いていくこともある。

やがて茶を飲んだ玄馬は、たつが薬草を包んでくれている間に畑の方を見廻りに行った。

すると、そこへ山の方から甚兵衛が帰ってきたのだ。しかも、二人の女を連れているではないか。

「結城様。お越しでしたか」

甚兵衛が気づいて駆け寄り、草に膝を突いて辞儀をした。

「この二人は、姥山の衆。頭目の夕月《ゆうづき》と娘の千影《ちかげ》です。二人とも、こちらは御典医の結城玄馬様だ」

「はっ」

甚兵衛が人の良さそうな日焼け顔を崩して、双方に紹介をすると、
女二人、母娘らしいが、彼女たちもすぐに平伏した。

「ああ、どうかいちいち座らないでください。まだ十七の未熟者です」

玄馬は言い、おそらく早朝からずっと歩いてきたであろう三人を、自分の家ではないがとにかく家の方へ招《まね》いた。

素破の里から来たというが、女たちはちゃんと髪を結い、着物に手甲脚絆《てっこうきゃはん》の旅支度を調えて来ていた。どちらも、目を見張るほどの美形である。しかも城内で見る側室や女中たちとは違う、山の気に包まれて育った野趣と神秘性を含んだような、実に妖《あや》しくも清らかな雰囲気を持っていた。

我が城主が代々、姥山から側室を得ていたという話も頷けるものがあった。ある意味、喜多岡家の血筋に最も取り入れられているのが姥山の衆かも知れない。

母親の夕月は三十半《なか》ばほどか。切れ長の涼やかな眼差しに、すらりとした鼻筋を持って

いた。姥山は女系と聞いているから亭主はいないのか、あるいは習慣によるものか、眉もそのまま、お歯黒も塗っていない。

娘の千影は十五、六。ややぽっちゃりして愛くるしい笑窪《えくぼ》が魅力的だが、目元と鼻筋は夕月によく似ている。二人とも、実に透けるように色白だった。

「これから、御幸ヶ浜のお屋敷に呼ばれて参ります。千影は、今後の薬草の運搬や連絡のため、ご城下に置いてゆきますので」

夕月が言う。確かに、甚兵衛もそう何度も姥山を往復するのは骨だろうし、それに、産まれたばかりの子の側にもいたいだろう。それで姥山の頭目自らが、その手配に里を下りてきたらしい。

「山尾様より言われております。明日より、この千影を結城様のおそばにお仕えさせますので、家事や買物などさせて街の暮らしを仕込んでくださいませ」

「え……？」

夕月に言われ、玄馬は目を丸くした。

（あるいは、あの堅物の師匠が私のために女を……？）

いや、まだ早合点してはいけない。何しろ相手は頭目の娘だ。単に、女中をさせながら見聞を広めさせようとしているだけかもしれない。玄馬は思い、やがて薬草の包みを持って、甚兵衛の家を出た。

もちろん夕月と千影もついてくる。

「御幸ヶ浜までは、かなりありますので、途中で駕籠を拾いましょう」

「いえ、私たちは大丈夫です。お疲れでしたら、結城様だけ駕籠で」

夕月は言い、確かに二人ともしっかりした足取りで城下へと向かっていた。

仕方なく、玄馬も歩き、人々で賑《にぎ》わう街中に入った。

夕月は、今までに何度となく城下へは下りてきていたのだろう。しかし初めてらしい千影は、物珍しげに連なる家並みや行き交う物売りなどを眺めていた。

(素破というなら、不意打ちをしても避けるのだろうか……)

玄馬はふと思い、いきなり拳で突いてみようかと思った。

すると、千影がこちらを向き、花のような笑みを洩らした。

二

「遠路お疲れ様でございました。どうぞごゆるりとお休みくださいませ」

夕刻、通称、浜屋敷と呼ばれる御幸ヶ浜の屋敷に着くと、すでに知らせを受けていた出迎えの女中が母娘を丁重に招き入れた。姥山の衆は士分ではないが、主君の思い入れが強いため、家臣たちも頭目に対しては相応の扱いをしている。

玄馬も、置き薬を確認してから薬草を補充し、風呂を借りて汗を流し、やがて夕餉《ゆうげ》を済ませた。

御幸ヶ浜の屋敷は海に面し、江戸を行き来する小田浜藩の船の発着場に近い場所にあった。いわゆる下屋敷に相当し、あるいは療養のための別邸でもあった。

しかし今は、主君の縁《ゆかり》のものは誰も滞在しておらず、僅《わず》かに数人の宿直《とのい》と女中が居るだけだった。

玄馬が与えられた部屋に床を延べると、間もなく声がして、恭《うやうや》しく夕月が入ってきた。

まだ日が落ちて間もない。

「お話ししてよろしいでしょうか」

「はい。どうぞ。千影どのは」

「夕餉とお湯を頂き、先に休みました」

夕月は言うが、彼女はまだ着物を着たままだ。手甲脚絆を外しただけ、まだ湯も使っていないようである。

「山尾忠斎様からの書状には、玄馬様は自分に似て奥手の堅物である。しかしそれでは女の身体を診るにも不都合なので、手ほどきをする適当な女はいないものかと、その旨《むね》したためられておりました」

やはり、師は何も考えていなかったわけではないのである。ただ、生来の生真面目な性格ゆえ口に出すことができず、それで知己《ちき》の夕月に相談したのだろうか。

「明日からお世話をかけます千影は、どうかご存分に淫気を向けられて構いません」

「う……」

玄馬は興奮と悦びに胸が詰まった。

「しかし、まだ千影には知識のみしか与えていない生娘《きむすめ》ですので、今宵《こよい》はどうか私がお手ほどきをしてよろしゅうございましょうか」

じっと見つめて言われ、玄馬も慌《あわ》てて座り直した。

「どうか、よろしくお願い致します……」

玄馬が言うと、夕月は行燈《あんどん》を床の方へと近づけた。そして立ち上がり、くるくると帯を解きはじめたのである。

着物を脱ぎ去ると、みるみる熟《う》れた白い肌が露出し、巻き起こる風にも生ぬるく甘ったるい匂いが混じりはじめた。

玄馬は激しく胸が高鳴り、その興奮に声もなかった。まるで夢の中にいるかのように、身も心もふわふわと頼りなげで、唯一、股間の一物だけが雄々しく屹立《きつりつ》していった。

やがて腰巻きまで取り去った夕月が、見事な肢体を投げ出して仰向けになった。

「ただ情交を経験するのではなく、医師としての知識を得るのが第一義のため、あえて湯浴みはしておりません。病のない、健康な女の匂いを覚えてくださいますように」

夕月が言い、玄馬は息を震わせて小さく頷いた。

「さあ、玄馬様もお脱ぎになり、まずはお好きなように触れてみてください」

言われて、玄馬も帯を解いて寝巻きを脱ぎ、少し恥ずかしかったが彼女が全裸のため、自分も下帯まで取り去り、勃起した肉棒まで露出した。

そして仰向けの夕月の傍《かたわ》らに座り、まずは全身を眺めた。

彼女は長い睫毛《まつげ》を伏せ、余すところ無く身体を晒《さら》している。

息づく乳房は実に形良く、豊かな割に左右に流れることもなく張りがありそうだった。

乳首も乳輪も淡い色合いで、きめ細かな肌は何とも見事に引き締まっていた。

腹の部分がくびれているから、腰の丸みが艶《なま》めかしく強調され、むっちりとした太腿《ふともも》は鍛《きた》え抜かれて実に逞しかった。

股間には、楚々《そそ》とした逆三角の茂みが密集し、肌全体からは、今まで着物の内に籠《こ》もっていた熱気が、甘い女の匂いを含んで陽炎《かげろう》のように立ち昇っていた。

玄馬は恐る恐る手のひらを伸ばし、胸の膨らみに触れてみた。全体は柔らかく、乳首はこりこりと硬く勃起していた。

指先で弄《もてあそ》んでも、夕月はぴくりとも動かない。無用に反応し、玄馬の観察の心を乱してはいけないと思っているのだろうか。

彼はいったん触れてしまうと度胸がつき、もう片方の膨らみを揉み、滑らかな熟れ肌をたどり、腰から太腿に触れていった。そして内腿に手のひらを這《は》わせてみると、

「どうぞ。ご覧に……」

夕月が言い、僅かに両膝を立てると、灯りの方に股間を向けて開いた。

玄馬は思わずごくりと生唾《なまつば》を飲み、開かれた彼女の股間に腹ばいになって顔を寄せていった。

茂みの丘の真下にある割れ目からは、僅かに桃色の花弁がはみ出し、白く滑《なめ》らかな内腿に挟まれた股間全体には、ふっくらと生ぬるい熱気と湿り気が、悩ましい匂いを含んで籠もっていた。

さらに割れ目の下の方には尻の谷間まで見え、可憐《かれん》な桃色をした肛門が、細かな襞《ひだ》をきゅっとつぼめていた。

何と艶めかしい眺めであろう。

すると夕月が、両の人差し指を割れ目に当て、ぐいっと左右に広げて見せてくれた。

微《かす》かに、くちゅっと湿った音がして陰唇が全開になった。

中は、ぬめぬめとした綺麗な柔肉。下の方には細かな襞に囲まれた孔が息づき、上の方には小指の先ほどもある包皮の出っ張りがあり、その下からつやつやした突起が顔を覗かせていた。

「これが陰戸です。男は、ここに一物を差し入れて精汁を放ち、孕《はら》めば十月十日のちに、ここから子を産みます」

夕月が、静かに説明を始めてくれた。

なるほど、仕組みや理屈が分かっても、何しろ激しい興奮に息が弾《はず》んでしまう。それに陰戸とは、男の滑稽な突起と違い何と美しいものだろうと思った。

「ゆばりは、その少し上の小孔から出ます。そしてこれがオサネで、ここをいじると女はたいそう心地よくなり、挿入の助けとなる淫水を多く溢《あふ》れさせます」

説明を聞きながら、玄馬は激しく舐めたい衝動に駆られた。

すると、夕月が彼の心中を察したように言った。

「普通、殿方は陰戸など舐めはしませぬが、玄馬様は医師ですので、全ての味や匂いを知る必要があります。しかし、そこを舐めるのは最後。女の扱いは、まず上の方からです。

さあ……」

手を握って引き上げられると、玄馬は彼女に身を重ねる体勢となった。

そして夕月は下から彼の顔を引き寄せ、ぴったりと唇を重ねてきたのだった。

「う……」

玄馬は、柔らかな感触と唾液のぬめりに、思わず小さく呻《うめ》いた。

熱く弾む美女の息は、湿り気を含んで何とも心地よい甘い匂いがした。女の顔をこんなに近くで見るのは初めてだ。鼻が交錯し、間近にきめ細かな頰が見え、夕月も長い睫毛の間から熱っぽく彼を見上げていた。

やがて触れ合ったまま口が開かれ、彼女の舌が伸びてきた。それは彼の歯並びを舐め、玄馬が前歯を開くと、さらに内部にまでぬるりと侵入した。美女の長い舌が柔らかく滑らかに蠢《うごめ》き、彼の口の中を隅々まで舐め回した。

玄馬もぬらぬらと舌をからめ、女の甘く濡れた舌を味わった。

この艶めかしい感触と、息の匂いと唾液の味だけで、玄馬は危うく漏らしてしまうほどの高まりを得た。

やがて夕月の舌が引っ込んだので、それに従うように、彼も夕月の口の中に舌を伸ばしていった。美女の口の中は、さらに甘く濃厚な匂いに満ち、温かな唾液にとろりと濡れていた。

舌を這わせていると、彼女は急にちゅっと強く吸い付き、玄馬の手を握って乳房に導いた。そして手のひらを重ねて、強く押しつけてきた。

ようやく口を離すと、玄馬はほんのり汗の匂いのする首筋を舐め下り、乳首に吸い付いていった。母の乳首を吸った記憶はおぼろげだが、何となく懐かしい気分がし、それ以上の興奮と悦びが全身を満たしてきた。

「そう、上手です。若い女の場合は優しく舐め、年増の時は強く吸い、軽く嚙《か》んでも構いません。そう、もう片方も必ず」

夕月が言いながら、徐々に甘ったるい体臭を濃くしながら、うねうねと熟れ肌をくねらせはじめた。玄馬は左右の乳首を交互に含んで舌で転がし、顔全体を膨らみに埋め込みながら懸命に吸った。

さらに、好きにして良いと言われているので、乳房の谷間にも顔を埋めて甘い体臭を嗅ぎ、そして腋《わき》の下にも鼻と口を押しつけてしまった。色っぽい腋毛に鼻をこすりつけると何とも甘ったるい汗の匂いが鼻腔に満ち、玄馬はうっとりと酔いしれた。

女とは、どうして自然のままでこのように良い匂いがするのだろう。

不潔でむさ苦しい男とは段違いだった。きっと根本から成分や肉体の構造が違うのだろうと思った。

玄馬はそのまま脇腹を舐め下り、また中央に戻って形良い臍《へそ》を舐め、ようやく真下へと移動していった。今度は夕月も待ち構えるように、大股開きになってくれた。

彼は再び美女の股間に腹ばいになり、柔らかな茂みの丘に鼻を押しつけていった。

三

「ああ……、そうです。最初は優しく……、徐々に奥の方へ……」

夕月が次第に息を弾ませて言い、むっちりした内腿を震わせて悶えた。

玄馬は茂みに鼻をこすりつけ、隅々に籠もった芳香を嗅ぎながら、割れ目に舌を這わせていた。

はみ出した陰唇を舐め、ゆっくりと内部へと差し入れていくと、舌先がぬるっとした柔肉に触れた。潤う淫水は淡い酸味を含み、玄馬は味わいながらくちゅくちゅと掻き回すように細かな襞を舐めた。

そしてぬめりをすくい取るように、ゆっくりとオサネまで舐め上げていくと、

「アアッ……、いい気持ち……、そこを念入りに……」

夕月が顔をのけぞらせて喘ぎ、何度かぎゅっと強く内腿で彼の顔を締め付けてきた。

玄馬は上唇で包皮を剝《む》き、完全に露出したオサネを舌先で弾くように舐めた。淫水は量を増し、乳首のようにオサネも勃起することを知った。

「ここも、舐めて構わないでしょうか」

玄馬は顔を離し、彼女の両脚を浮かせて言った。

「構いません。医師なのですから、どうか存分に」

夕月は言い、浮かせた脚を自ら抱え込んでくれた。玄馬は顔を寄せ、両の親指でぐいっと尻の双丘を開いた。そして可憐につぼまった桃色の肛門に鼻を埋め込んだ。

秘めやかで生々しい微香が感じられ、その刺激が股間に伝わってきた。彼は激しく胸を高鳴らせながら、舌先でくすぐるように蕾の襞を舐め、徐々に濡らしながら内部にも潜り込ませていった。

内壁は、ぬるっとした粘膜で、うっすらとした味わいがあった。玄馬は濡れた割れ目に鼻を押しつけながら、念入りに美女の肛門を舐め回し、前も後ろも味と匂いを心ゆくまで観察したのだった。

「では、入れる前に、どうかここへ股を」

夕月が頃合いと見て言い、再び彼の腰を抱き寄せて胸を跨がせた。すると彼女は、豊かな乳房の間に一物を挟んで揉み、顔を上げて先端に舌を這わせてきたのだ。

「ああ……！」

玄馬は、唐突な快感に喘いだ。熱い息が股間に籠もり、濡れた舌がぬらぬらと鈴口から滲《にじ》んだ粘液を舐め取り、次第に張りつめた亀頭全体に這い回ってくるのだ。

尻の下に密着する柔肌も心地よく、玄馬は急激に高まってきた。

それなのに夕月は、さらに喉の奥まですっぽりと肉棒を呑み込み、熱く濡れた口の中をきゅっと締め付け、ぬらぬらと舌をからめてきたのだ。

「も、もう……、ご勘弁を……」

降参するように言うと、ようやく夕月は、すぽんと口を離してくれた。

「さあ、ではどうぞ、お入れくださいませ」

言われて、再び彼女の股間に陣取り、玄馬は限界近い暴発を堪《こら》えながら、一物を構えて前進した。先端を、濡れた割れ目に押し当てて位置を探る。

「もう少し下……、そう、そこです……」

夕月も、僅かに腰を浮かせて合わせてくれた。

玄馬がぐいっと腰を進めると、張りつめた亀頭がぬるりと潜り込んだ。先端が入ると、あとは滑らかにぬるぬるっと吸い込まれて行き、たちまち根元まで入って股間同士が密着した。

「さあ、こちらへ……」

夕月が両手で彼を抱き寄せ、玄馬も熟れ肌に身を重ねていった。

陰戸の中は何とも温かく心地よく、たまにきゅっと内部が上下に締まった。その艶めかしい収縮に、ややもすれば押し出されてしまいそうになるのを、彼女が両脚まで玄馬の腰にからめてしっかりと抱え込んでいた。

胸の下では柔らかな乳房が密着して弾み、夕月のかぐわしい息が彼の興奮を煽った。

「腰を前後に突くのです。最初はゆっくり、徐々に勢いを付けて」

言われて、玄馬はそろそろと腰を突き動かしはじめた。抜ける寸前まで引き、またぬっと深く押し込んだ。

次第に要領が分かってくると、調子をつけて動けるようになってきた。

濡れた柔襞の摩擦が何より心地よいが、漏れそうになるたび玄馬は動きを止めて呼吸を整えた。少しでも長く、この夢のような快感を味わっていたいのだ。

しかし根元まで押し込んでじっとしていても、膣内の収縮と締め付けが続き、いよいよ限界が来た。

「あぁッ……、い、いく……！」

律動を再開させ、玄馬は口走りながら狂おしく股間をぶつけた。肌の触れ合う音と、ぴちゃくちゃという淫らに湿った音が続き、たちまち彼は激しい快感の嵐に巻き込まれてしまった。

「う……！」

絶頂を受け止めながら呻き、彼は熱い大量の精汁を、勢いよく美女の柔肉の奥にほとばしらせた。それは、手すさびによる射精の何千倍もの快感であった。

「アア……、気持ちいい……」

夕月もしっかりと彼にしがみつきながら股間を突き上げ、まるで陰戸から精汁を飲み込むように収縮を続けた。やがて最後の一滴まで、心おきなく出し尽くした玄馬は、動きを止めてぐったりと熟れ肌に体重を預けた。

彼女も力を抜いて手足を投げ出し、玄馬を乗せたまま荒い呼吸とともに柔肌を上下させた。玄馬は、夕月の甘い息を間近に感じながら、うっとりと快感の余韻に浸った。

まだ深々と納まっている肉棒をぴくんと震わせると、夕月も応えるようにきゅっときつく締め付けてきた。

とうとう体験することができた。しかも相手は申し分のない、とびきりの美女だ。

これが情交なのだ、と玄馬は思った。やはり一人でする手すさびとは違い、女と一つになり、快感を分かち合うことが最高の歓びなのだと実感した。

やがて夕月が彼の肩に手を置いてそっと促すと、玄馬は身を離し、一物を引き抜きながら彼女の隣に添い寝した。

すると彼女が身を起こし、懐紙でそっと濡れた肉棒を包み込み、丁寧に拭ってくれた。

女とは実に良いものだ。自分で空しく処理をしなくても、こうして後始末をしてくれるのだ。それが何よりの贅沢《ぜいたく》であり、幸福であろうと思った。

しかも彼女は下帯まで着け、寝巻きを整えて布団を掛けてくれた。

そして自分も手早く着物を羽織り、

「では、お休みなさいませ。明日からは、千影をよろしくお願い致します」

夕月は言うと、行燈の灯を消して静かに出ていった。

玄馬は、深い満足と感激の中、いま我が身に起きた幸運を一つ一つ思い起こした。まだ鼻腔の奥には夕月の匂いが、舌には淫水の味が、一物には陰戸の感触が残っているようだった。

何やら、今の体験が夢の中の出来事のようだった。手すさびでさえ、続けて二度三度と行なうことがあるのだから、初めて触れた生身の女体。せめてもう一度、今度はじっくりと味わいながらすれば良かったと後悔した。

しかし、さすがに疲れていたのだろう。いつの間にか玄馬は深い眠りに落ちていった。

——翌朝、御幸ヶ浜の屋敷で朝餉《あさげ》を済ませると、夕月は一人で姥山へと帰っていった。

玄馬と千影も屋敷を出て、少し城下を歩いてから城内へ戻ることにした。

山から下りてきた千影は、城下はもちろん、特に海を珍しげに眺めていた。その遠くを見る、無垢な眼差しを横から見ながら、玄馬は激しい欲情に駆られた。この美少女が、今夜から自由になるのだ。

玄馬の住まいは城内にあり、本丸の離れにあった。そこなら、すぐ城中へも行けるし、あるいは湯殿にも近いので、そこで誰かが倒れれば駆けつけられる。裏庭には薬草を干す場所もあり、薬の調合をするにも静かな場所である。

やがて玄馬は、千影を自分の住まいに入れた。六畳が三間あるので、その一室を彼女に与えた。

食事は、城中にある大台所で全て賄《まかな》っているから炊事の必要はない。千影の仕事は、掃除と洗濯、あとは買物や甚兵衛方との往復、さらに必要があれば姥山との行き来もある。

「ふつつかですが、どうかよろしくお願い致します」

あらためて、千影が端座し、深々と頭を下げて言った。

「あ、いえ、こちらこそ……」

玄馬も座って答え、何やら嫁でも迎えたように胸が弾んだ。悶々としていた昨日まではとは、打って変わって世の中が明るく見えたものだ。しかし医師が、自分専用の女中や助手を置くことは、さして異例ではない。まして素破ならば薬草の知識もあるし、忠斎や玄馬では分かり得ない女の病にも対応してくれるだろう。

「私は、姥山の里のこと以外なにもわかりません。ましてお城の中のことで、もしご無礼がありましたら、何なりとお叱《しか》りくださいませ」

「いえ、勝手に本丸の中に入らぬ限り、気楽にしていればいいですよ。千影さんに仕事を手伝ってもらうときは、こちらから言いますので」

「どうか、千影と。私のご主人様は玄馬様ですので」

「はあ、では、千影」

「はい。何なりと御用を。お頭から聞いております。どうかご存分に」

母娘でも、里ではお頭という習慣なのだろう。千影はほんのり頬を染め、今にも帯を解こうとしたので、玄馬は慌てて止めた。

「い、いや、まだ朝ですからね。まずはあちこち説明を」

玄馬は千影を従え、裏庭の薬草の管理、井戸端、厠《かわや》の位置などを教えてから、大台所と湯殿まで案内してやった。

すると、ちょうど忠斎が呼びに来た。

「玄馬、いや玄庵。姫様のご様子を見に行くぞ」

「は、ただいま」

「おお、そちが夕月の娘か。いくつになった」

忠斎は、千影に声をかけた。

「はい。千影と申します。十六になりましてございます」

千影は片膝突いて答えた。忠斎は頷き、彼女には留守を預からせ、玄馬と二人だけで本丸に入っていった。

四

「姫様。お加減はいかがでございましょうか」

忠斎が平伏して言い、玄馬もそれに倣《なら》った。末席から見ると、上段の御簾《みす》の中に座っている咲耶《さくや》姫の姿があった。

十八になる咲耶は、その名の通り、小田浜城の天守から臨む富士のように、輝くばかりに美しかった。しかし彼女は江戸屋敷の生まれである。ただ生来の病弱で、療養のため家治から許可をもらい、数年前から小田浜に戻っていた。江戸屋敷には、主君正興の長男、十五になる正澄《まさずみ》が居た。

「役目、大儀に存じます。今は大事もなく、早く外へ出たい気持ちです」

咲耶が、軽やかに響く声で答えた。

小田浜へ来た頃は、一日中床に伏せっていたものだが、やはり新鮮な空気と食べ物が良いのか、昨年あたりから起きるようになり、声にも顔にも張りが出てきた。

もう少し暖かくなれば、望むように城内の庭ぐらい出られるようになるだろう。

来月、正興が戻ってきたら、きっと彼女の回復ぶりを喜んでくれるに違いなかった。

「左様でございますか。では、失礼を致します」

忠斎は答え、玄馬ともども前へと進んでいった。従者が御簾を開けると、二人は中に入り、姫とじかに対面した。これは毎朝の、習慣になっている検診であった。

「以後は私に代わり、この玄庵がお見立てさせて頂きます」

忠斎が言うと、玄馬は従者の用意した盥《たらい》で手早く手を洗い、拭《ふ》き清めた。

「では、失礼してお脈を」

言って玄馬が前へ進むと、姫はすっと左腕を差し出してくれた。

玄馬は姫の手を握り、手首に指の腹を当てた。もちろんもう片方の手で、姫が疲れないよう腕を支えている。

姫に触れるのは、これが初めてだった。忠斎は、おそらく昨夜玄馬が筆下ろしをしたことを察し、早速今日から姫の主治医たることを命じてきたのだ。

しかし、女を一人知ったからといっても、まだ一度きりなのだから、そう簡単に慣れて触れられるものではない。

「震えずとも良い。どうか気を楽に」

「は……」

咲耶に囁《ささや》かれ、かえって医師の玄馬が元気づけられてしまった。

しかし玄馬は、他のものに聞かれぬよう囁いてくれた姫の優しさに感動し、ふんわり漂った甘い匂いに陶然となった。もちろん彼は代々典医の家に生まれ育っているから、主君や姫に対する忠誠心は絶大であり、他の女と同列に見ることはなく、淫気を芽生えさせるようなことは決してなかった。

だが反面、どの女も同じ、という意識も持たねば適切な処置もできない。その均衡が大事なところであった。

とくとくと脈打つ流れを感じ取り、数えながら乱れはないか確認してから、玄馬は恭しく手を離した。そしてにじり寄り、瞼《まぶた》を開かせて目の様子を診て、口を開かせて歯の疾患や舌の荒れはないかを確かめる。その折に、生温かな息を嗅ぎ、胃の腑の不調はないかまで確認するのだ。咲耶の吐息は適度な湿り気を帯び、ほんのりと果実のように甘酸っぱい芳香を含んでいた。

朝の検診はそこまで。本人から不調を訴えぬ限り、脱がせてまでの見立てはしない。あとは下がり、侍女から受け取った壺と蒔絵《まきえ》の箱に入れられた、咲耶が出した朝一番のゆばりと便を調べる仕事がある。それは本丸外にある、御用場という厠の脇の部屋で行なう。そこなら、用が済めばすぐ捨てられるからだ。大小の排泄物は、色と匂い、消化の具合や虫の有無を調べる。

この役目も今日が第一回目だったが、姫はまず健康体であった。ずっと忠斎に付き添って方法を見ていたからだ。時には指で探るようなこともあるが、あの神々《こうごう》しい咲耶姫の出したものと思うと、いけないと思いつつ玄馬の股間は我知らず激しく突っ張ってしまうのだった。

他には、特に検診するものはいない。来月に、正興がお国入りしてからは忙しくなるだろうが、あとは側室や家臣自らが不調を訴えてきた場合のため待機しているだけである。

忠斎と別れた玄馬は、遅めの昼餉《ひるげ》を済ませてから住まいへと戻った。

「お勤めご苦労様でございます」

千影が、かぶっていた手拭いを外し、襷《たすき》を解いて正座して迎えてくれた。室内はすっかり掃除され、さっぱりと綺麗になっていた。

「ああ、ただいま。昼餉は済ませましたか」

「はい。お掃除も間もなく終わります」

「では、済んだら夕刻まで少し休みなさい」

玄馬は言い、自分も裏庭に干してある薬草を見て回ってから、あとは待機し、医書を見て過ごした。本当は、すぐにも千影の肉体に触れたかった。淫気はもちろん。明日も咲耶姫に接するのだから、姫と年の近い女の健康体の基準として、いろいろ知っておきたいことが山ほどあったのだ。

そして夕刻、玄馬と千影は早めに、夕七ッ（午後四時頃）過ぎには夕餉を終えた。

あとは、急に忠斎が来ることもないだろう。玄馬は床を延べ、気の逸《はや》る思いで戸締まりをして行燈に灯を入れた。

千影も、初めての体験ということで、やや緊張気味にぽっちゃりした頬を強ばらせている。昨夜、御幸ヶ浜で入浴したから、今日は入らない。通常、湯殿を使うのは三日に一度ほどであった。

だから、おそらく千影の全身は汗ばみ、かぐわしい匂いを籠もらせていることだろう。

玄馬の期待は、いやが上にも高まった。

しかし、その時である。

「玄庵様、どうかお越しを。姫様がお呼びでございます」

若侍が呼びに来て、玄馬は慌てて起き上がった。

「はい。ただいま」

玄馬は答えて若侍を帰した。もちろん千影もいち早く身を起こし、彼の支度を手伝ってくれている。やがて身なりを整え、鬢《びん》の乱れを直してから玄馬は千影に見送られて住まいを出た。

足早に廊下を進み、本丸に入り姫の寝所へと急ぐ。何か急変があれば、典医の責任は重大である。まして今朝、何事もないと言い置いたばかりなのだ。

「姫様。玄庵どのがお越しです」

入口まで来ると、侍女の篠《しの》が中に声をかけ、玄馬のため襖《ふすま》を開けてくれた。

篠は江戸屋敷から咲耶に従ってきた侍女で、二十八歳。姫に仕えることを生き甲斐《がい》としている、豊満で色白の美女だった。

玄馬は、篠とともに寝所に入った。

姫は、仰向けのまま玄馬の方に目を向けた。玄馬は心配して、礼もそこそこに枕元へとにじり寄った。

「いかがなさいました。どこかお痛みになりますか」

「痛うはありません。ただ、身体が熱く、どうにも眠れませぬ」

言われて、玄馬は篠が用意した盥で急いで手を洗って拭うと、そっと姫の額に手のひらを乗せた。

ほんのり汗ばんでいるが、発熱している様子はなく顔色も良い。むしろ赤みが射し、今朝方よりも体調は良いように思われた。

「ああ……、いい気持ち。そなたに触れられていると心が安まります……」

額に触れているだけで、姫はうっとりと目を閉じていった。しかも彼女は布団から両手を出し、彼のもう片方の手を握ってきたのだ。

篠が目を丸くし、たしなめようと身を乗り出した。

「篠、お前は休みなさい」

「い、いいえ、それはなりません……」

「いいから、出ていって」

姫に言われ、篠は八つ当たりするように玄馬を睨《にら》み付けた。

「では、承知いたしました。お休みなさいませ。玄庵どの、ちょっと」

篠は出て行きながら、彼を呼んだ。玄馬は、やんわりと姫の手を布団に入れ、一礼していったん寝所を出た。

襖を閉めると、篠が怖い顔を迫らせて囁いてきた。

「おわかりでしょうな。姫に無礼の段があれば、ただでは済みませぬぞ」

「言うまでもないこと。私も家臣の端くれ、腹の切り方ぐらい知っております」

玄馬も、むっとして答えると、ようやく篠も目の力を和《やわ》らげ、小さく嘆息した。

「今朝方、玄庵殿に脈を取られてから、姫様は夢見心地です。まあ十八ともなれば、殿方に思いを寄せるのも無理からぬこと。良いですか。姫は初めて淫気を芽生えさせております。最後の一線は越えませぬように。あとで、全て報告していただきます」

「承知しました」

玄馬は、意外な面持ちで頷いた。

姫が自分に思いを寄せるとは、夢にも思っていなかった。まあ、十八とはいえ恋心と言うにはあまりに幼いものだろう。何しろ、他に接する男と言えば家老や忠斎などの年配者ばかりなのだ。それがたまたま、若い典医が身近になったから、一過性の熱病のように無《む》垢《く》な胸をときめかせているだけなのだろう。

「玄庵！」

中から焦《じ》れたように姫が呼ぶと、篠はもう一度、念を押すように頷きかけてから、やがて静かに自分の部屋へと引き上げていった。

玄馬は再び寝所に入った。あらためて、室内に生ぬるく籠もる姫の甘く上品な体臭に胸が弾んだ。

「失礼いたしました」

「また、篠が小うるさいことを言っていたのでしょう。気にせず、私が眠くなるまでここにいてほしい」

姫が横になったまま言った。黒髪は結わず長く垂らし、化粧も、うっすらと眉墨を掃《は》いているだけだ。しかし整った顔立ちと、何より生来の気品が備わっていた。

「さあ、もう一度手を……」

姫は言い、また両手で彼の手を包み込むように握ってきた。

五

「来月、父上様がご帰国のおり、どうやら私の夫となる人を連れてくるようなのです」

咲耶が言った。確かに、姫の年頃なら不自然ではない。

「他家ではなく、家中の誰かでしょう。しかし誰にしても、気が重い」

「なぜでございます」

「私は何も知らない。夫婦《めおと》になると、子を成すために股を合わせて情交するというのはまことですか」

なるほど、長く病弱だったため、お付きの女中たちもそうした知識は、まだおぼろげなものしか与えていないのだろう。しかし今の咲耶はほぼ全快に近く、また成熟した肉体の方が快楽を求めて疼《うず》きはじめているようだった。

「まことでございます」

「どのようにするものです」

「いえ、それは、もし本当にご婚礼になるということでしたら、お付きの方からお教えがあるかと存じますので」

「情交とは、ことのほか心地よいものと聞きます。確かに、指で触れても宙に舞うような心地がするときがあります。むろん、床の中で、誰にも知られぬようこっそり行なうのですが、それは身体に大事ありませぬか」

咲耶が、頬を真《ま》っ赤《か》に染めて訴えかけた。

確かに、幼い頃から着替えも湯浴みも他人の手を借りてきているから、通常の羞恥心とは違うものだろう。しかし色事に関してだけは、誰に教わらなくても秘密めいた興奮が伴うものらしい。

今の咲耶は、明らかに興奮していた。しかも手を握るのみならず、さらなる行為を玄馬に求めているようだった。

「いじると濡れるのです。それは何ですか。時には、いじらずに色々と考えただけでも熱く潤《うるお》うことがあります。ほら、このように……」

姫は搔巻《かいまき》をはぎ、あっと思う間もなく寝巻きの裾を開いて両膝を全開にしてしまったのだ。滑らかな内腿は、青く見えるほどに色白だった。

「ひ、姫様……」

玄馬は驚いて言い、まず心配したのは、篠が戻ってきて襖の外で聞き耳を立てているのではないかということだった。

しかし、情交するわけではないし、自分は医者なのだから、たとえ篠に見られても構わないという気にもなった。今後とも治療の上で、いつまでも咲耶の秘所を見ずに済むわけもないのだ。

「さあ、玄庵も医師ならば、女の陰戸など見慣れておりましょう。私のものは、他の人と違いますか。同じですか。もっと近う……」

咲耶は喘ぎを堪えるように、後半は息を詰めて言った。

玄馬も彼女の股間に顔を進ませ、内腿の間に籠もる熱気と湿り気を嗅いだ。生来、匂いには敏感であるから、ふっくらとした生ぬるい咲耶の体臭、淡い残尿や、微かに生臭い淫水の成分まで感知していた。

若草は、ぷっくりした股間の丘で実に楚々として恥ずかしげに煙り、割れ目も縦線が一本きりの初々しいもの。そこから僅かに、薄桃色の花弁がはみ出していた。

やはり夕月のものとは違う。だから、早く千影の陰戸を見て、生娘がどういうものか知っておきたかったのだが、今回は間に合わなかった。

「失礼いたします……」

玄馬はそっと指を当て、陰唇を左右に開いた。微かに湿った音がし、内容が丸見えになった。中も綺麗な桃色の肉。細かな花弁状の襞に囲まれた、処女の秘孔がひっそりと閉じられていた。

尿口ははっきり確認できなかったが、包皮の下から顔を覗かせる、つややかなオサネは光沢を放ち、夕月よりは小さいが米粒大の突起がはっきりと見えた。

「いじるのは、どの部分ですか」

「ここ……」

咲耶が、そっと指をオサネに当てて、ゆっくりと円を描くように動かした。

「なるほど、そのようになさるのですね。いけないことではありませんが、やり過ぎはお体に触ります。それから、触れる前には指を綺麗に」

「ならば、玄庵がしてみて……」

咲耶がか細く言い、指を離した。息づく柔肉が、みるみる新たに溢《あふ》れた蜜に濡れ、ぬめぬめと妖しく蠢いていた。

「畏れながら指よりも、人の唾には殺菌の作用がありますので、舌の方がよろしいかと」

「なに、舐めると申すのですか……」

咲耶は驚いたようだ。いかに家臣とはいえ、一個の男子に股を舐めさせることに、些《いささ》かのためらいを生じさせたのだろう。だが、それ以上に彼女は好奇心を露わにした。

「わかりました。思うようにしてみて……」

咲耶が言い、身構えるように大きく息を吸い込んだ。

玄馬は顔を進め、柔らかな茂みに鼻を押し当てた。嗅ぐと、何とも温かく悩ましい体臭が鼻腔に広がってきた。一般のものとは違い、姫ともなれば毎夕入浴している。それでも彼女本来の体臭が馥郁《ふくいく》と香った。

舌を伸ばし、割れ目内部の柔肉を味わうように舐め上げてから、そっとオサネに触れていった。

「あう……」

咲耶は息を呑み、びくりと内腿を強ばらせた。おそらく、指より遥かに心地よい感覚が走ったのだろう。

あまり快感を教えては、夫を持ってから困るかも知れない。だが玄馬は、咲耶を悦ばせようという気持ちと、自身の激しい欲望に突き動かされていた。姫君に淫気を抱いてはいけないし、意識しなくても心に禁圧がかかっているはずなのに、玄馬は夕月にしたのと同じことを、無垢な姫に行なっていた。

「ああ……、玄庵……」

「お嫌なら止めます。もっと続けて。どうかお許しください」

「嫌ではない。何と、雲の上にいるような……」

咲耶は荒い呼吸とともに言い、玄馬も舌の動きを再開させた。僅かの間にも蜜汁は大洪水となり、淡い酸味を含んで、ねっとりと彼の舌を潤わせてきた。

夕月に教わったように、生娘の場合は、触れるか触れないかという優しい愛撫の方が良いだろうから、舌の動きは滑らかにしながらも、強く吸い付くようなことはしなかった。

「あ……ああ……」

咲耶は激しく腰をよじって身悶えはじめたが、さすがにはしたなく大声を上げるようなことはせず、寝巻きの袖を噛んで堪えはじめた。

内腿が、何度かきゅっと彼の顔を締め付け、次第に腰が跳ね上がるようにがくがくと上下した。下腹はひくひくと波打ち、咲耶は顔をのけぞらせ、とうとう気を遣《や》ったように激しい痙攣《けいれん》を起こした。

「く……、も、もう……！」

咲耶は狂おしく悶え、それ以上の刺激を拒むように股を閉じてきた。

玄馬も割れ目から顔を離し、まだ痙攣を続けている姫を見守った。やがて硬直が解けてぐんにゃりと身を投げ出し、あとは荒い呼吸を繰り返すばかりとなった。

「な、なんと……、自分でするよりずっと……」

咲耶は息も絶えだえになって言い、潤んだ眼差しで玄馬を見上げてきた。

「気持ち良すぎて、恐ろしい……。どうか、抱いて……」

彼女が両手を伸ばしてきたので、玄馬はそっと添い寝し、姫を抱いてやった。かぐわしく甘酸っぱい息が弾み、咲耶は玄馬の胸の中でうっとりと余韻に浸《ひた》りはじめた。

「これからも、今のをして欲しい……」

「構いませぬが、毎晩というわけにはいきません。お身体に負担がかかりますので」

「ならば、次はいつ……」

「そう、五日に一度ほどなら……」

「そんなにも先……」

咲耶は不承知そうだったが、やがて納得したように小さく頷いた。そして、あまりに心地よい絶頂の後だけあり、そのまま いつしか眠ってしまったのだった。

玄馬は、彼女の寝息を乱さぬようそっと腕を引き抜き、身を起こした。そして懐紙で濡れた割れ目を拭いてから裾を整え、掻巻をかけてやった。

一物は痛いほど激しく突っ張っているが、まさか姫の寝顔を見ながら手すさびするわけにもいかない。

玄馬は音を立てぬよう姫の寝所を出て、そっと襖を閉めた。

すると、そこに篠が仁王立ちになっていたのだ。

「玄庵どの。こちらへ」

寝ている姫を慮って囁いたが、その語調は強かった。そして彼女は背を向け、先に廊下を進んでいった。玄馬も、仕方なく彼女に従った。

姫の寝所から次の間を経たところに、篠の寝所があった。

すでに床が延べられているが、その脇に篠は端座し、玄馬を座らせた。どうやら、今の一部始終を見届けていたようだ。

「今の行ないは、分を超えておりますぞ！」

篠が怖い顔で言う。姫君付きの侍女と典医の身分はほぼ同格であるが、篠の方は十以上年上だから、ついきつい口調になってしまうのだろう。

「姫様が望まれたことゆえ、あの場合は致し方なく……」

玄馬は言いながら、この場を収め、なおかつ自分の高まりも鎮める方法を思いついた。

第二章　知るほどに妙味

一

「篠様は、男との情交をご存じでいらっしゃいますか」

　玄馬は、思いきって訊《き》いてみた。

「な、何をたわけたことを……。私は一生を姫様にお仕えすると決めた身です。情交など知るはずがありませんでしょう」

　篠は憤然と答えた。どうやら、その言葉に嘘はないようで、二十八まで、いや、これからも尼のように無垢《むく》でいるつもりなのだろう。

「しかし、それでは姫様のお気持ちは分かりますまい。やがて姫様は然るべき夫と契《ちぎ》りを結ばれ、子を孕《はら》みましょう。それらの悦びや悩み、何も知らねばお答えもできないでしょうに」

「そうしたときには、夫や子を持った侍女がご相談に乗ります」

「篠様は、誰より姫君の側にいらした方です。少なくとも今宵の体験は、同じことを試してみて、快か不快かご自分で判断くださいませ」

「なに、私の陰戸を舐めるというのですか、そなたが」

「はい」

言うと、篠は色白の頬を紅潮させた。怒りばかりでなく、激しい羞恥と好奇心が湧《わ》いたのだろう。その証拠に、甘ったるい汗の匂いもすっかり濃くなり、端座した両膝を居心地悪そうにもぞもぞと動かしはじめた。

「姫様の御相手として、たってと望まれてならともかく、誰彼構わず獣のように女の股座《またぐら》に顔を突っ込む痴《し》れ者ですか、そなたは！」

「陰戸は、子を産む聖なる場所です」

「おう、武技もようせぬ男は屁理屈ばかり並べるものよ」

篠は吐き捨てるように言った。彼女にしてみれば、剣技を磨いた逞《たくま》しい男こそ理想であり、たとえ典医という重要な役目に就こうとも、玄馬のように小柄で手足も細いものは男の数に入れて貰えないのだろう。

篠も、巨体ながら薙刀《なぎなた》を良くすると聞いている。

「ならば、陰戸を舐めさせては貰えませぬか。姫君と同じ気持ちになれば、ご理解いただけましょうに」

「くどい。お断わりです。痴れ者の淫気に付き合う気は毛頭ない」

「怖《こわ》いのですね」

「なに！」

篠の眉《まゆ》が吊り上がった。どうやら、完全に玄馬の土俵に乗せられた感じだ。

「なるほど、分かります。確かに、典医とはいえ男の顔の前で股を開くには、相当なる度胸が要りましょう。体験がなければなおさらのこと、羞《は》じらいや恐れがあるのも無理はない。その上、舐められてあまりに心地よく、気を遣《や》りでもしたら篠様の面目《めんぼく》にも関わるでしょう。しかし、姫様と同じ体験をして判断することこそ、侍女としての忠義ではございますまいか」

玄馬は、勝手に納得したように言い放った。これは賭《かけ》である。ここまで言って無理なら、諦《あきら》めて退散しようと思った。しかし玄馬は、目の前で動揺している篠に、激しい淫気を覚えていた。

「こ、怖くなどありませぬ！」

「ならば、どうかお試しを」

「い、いいでしょう。その代わり、もし不快であれば、このことはご家老様に言上《ごんじょう》いたしますぞ！」

篠は挑戦的に言うと、敷かれた布団に仰向けになり、自棄《やけ》になったように大きく裾を開いた。そして両膝を立て、意を決したように左右に開いてきた。

「では失礼を」

玄馬は言い、わざと行燈を引き寄せてから腹ばい、彼女の股間に顔を進めていった。

まだ彼は、夕月と咲耶の二人の陰戸しか見ておらず、情交の体験は夕月一人、ただ一度きりなのに、自分が意外なほど落ち着いていることに驚いていた。それはおそらく、自分以上に年上の篠が心の安定を失い、激しく気持ちを乱しているから、そのぶん自分が冷静になれるのだろうと思った。

股間に迫ると、篠の内腿が左右で小刻みに震えていた。むっちりとして白く、実に太い量感があって艶めかしい。引き締まった夕月や、華奢《きゃしゃ》な咲耶とは違う、まさに脂《あぶら》が乗って熟れきった女の肌だった。

黒々とした茂みは艶があり、割れ目も肉づきが良く、二つの饅頭のように丸みを帯びていた。その縦線からは、やはり桃色の陰唇が鶏冠《とさか》のようにはみ出していた。

「あ……、今日は薙刀のお稽古をしたので汗を……」

篠が、思い出したように言った。股を開き、中心部に男の熱い吐息と視線を感じて、急に怖《お》じ気《け》づいたのかも知れない。

「大丈夫。女らしい良い匂いですよ」

「く……！」

屈辱か羞恥か、やはり今さら止めるのも業腹《ごうはら》と思い篠が小さく呻《うめ》いた。

「では失礼」

玄馬は言い、そっと指を当てて陰唇を左右に開いた。触れられて、篠の内腿がびくりと震えた。内部は、さして潤っていないが、微かな湿り気を帯びた柔肉が妖しく息づいていた。豊満な肉体に違《たが》わず、陰唇も大きめで、迫り出すような柔肉も収縮する膣口も、別の生き物のように動きが活発だった。

オサネは大きめで、包皮を押し上げるようにツンと勃起していた。

「ご自分でいじることは？」

「知りません……！」

「医師として伺《うかが》っております」

「滅多には……」

篠が正直に答えた。してみると、武士の女らしく自身を律しているものの、やはり欲求に悶々とするときは、床の中でいじってしまうこともあるようだった。

やがて玄馬は顔を埋め込み、柔らかな茂みに鼻を押しつけた。嗅ぐと、濃厚な女の匂いが鼻腔に侵入してきた。それは乳のように甘ったるい匂いで、山から下りて汗ばんだ夕月よりも、もっと悩ましい成分が濃かった。

舌を伸ばし、まずは割れ目の表面や陰唇から味わってみた。そして徐々に内部に差し入れ、花弁の内側から柔肉に触れていくと、

「う……ん……！」

篠が力むように呻いた。必死に、声が洩れぬよう我慢しているようだ。

玄馬は内部を掻き回すように舐め回し、そのままこりっとしたオサネまで舌を這わせていった。

「は……うう……」

篠が口を押さえ、滑らかな内腿を強ばらせた。

オサネを舐めていると、たちまち割れ目内部に温かくぬらぬらする蜜汁が溢れてきた。

その大量の分泌は実に急激で、玄馬はそのぬめりが、中に溜まった自分の唾液ではないことを、その舌触りと淡い酸味で知った。

玄馬は舐めながら、もう篠が拒んで突き放すことはないと確信し、さらに彼女の両脚を浮かせて白く尻の谷間にも鼻と口を潜り込ませていった。

指で双丘を広げ、ひっそりと閉じられた桃色の肛門に鼻を埋めると、秘めやかで生々しい微香が感じられた。舌を這わせると、細かな襞の収縮が伝わった。

「ど、どこを舐めているのです……。なんと、浅ましい……」

篠は、声を上ずらせて言った。陰戸のみならず、尻の孔となると彼女の予想の範囲を超えていたのだろう。

しかし彼女は拒《こば》まなかった。実際力も抜けているし、その間も淫水が溢れ続けていた。

玄馬は舌先を肛門に押し込み、ぬるっとした粘膜まで味わってから、再びオサネまで舌を戻していった。

しかもオサネを激しく舐めながら、左手の指先を唾液に濡れた肛門に当てて浅く潜り込ませ、右手の指も膣口に押し込んで天井のこりこりを探ったのだ。

夕月に言われたとおり、年増を相手にするときは強烈すぎるぐらいで良いという教えを実行したのだ。篠は生娘だが、年齢から言って感覚は熟しているだろう。

「ア……、い、いや……、怖いわ。止めて……」

とうとう篠が、少女のように心細げな声を洩らした。

「止めましょうか？　でも良い気持ちでしょう？」

「ひ、姫様には、このような……」

「もちろん指は使わず、お舐めしただけです」

「ならば、私にもそのように……」

「いいえ。篠様は、もっと感じる身体をお持ちです。そらそら、ご自分で激しく濡れているのがお分かりでしょう」

玄馬は前後の穴でそれぞれに指を動かし、舌先でちろちろとオサネを舐め、ときには吸い、上の歯で包皮を押し上げては舌で弾いた。

「あうーッ……！」

篠は、もう言葉も出せずに呻き、狂おしく股間を跳ね上げはじめた。

そして玄馬が肛門の指を出し入れさせ、膣内の天井を強く圧迫しながらオサネを舐め続けるうち、

「う……んーっ……、ううーッ……！」

口を押さえて呻きながら、がくんがくんと激しく身をよじって痙攣《けいれん》した。

膣も指が痺れるほど締まり、淫水は潮を噴くようにぴゅっとほとばしってきた。

どうやら本格的に気を遣り、とうとうがっくりと失神したように動かなくなってしまった。

玄馬は舌を引っ込め、彼女の前後の穴から指をゆっくりと引き抜いた。

肛門に潜り込んだ指は、特に汚れの付着も爪の曇りもないが、悩ましい匂いを移し、膣

に入っていた指は湯上がりのようにふやけ、白っぽく攪拌《かくはん》された小泡混じりの粘液をまつわりつかせながらシワになっていた。

「どうやら、良かったようですね。私も嬉しいです」

玄馬が言い、彼女の股間を拭いてやろうとすると、

「だ、抱いて……」

いきなり篠が熱っぽい眼差しで言い、彼の袖を摑《つか》んで引き寄せてきた。

二

「若輩と思い、今まで軽く扱うたことは謝ります……」

玄馬を胸にきつく抱きすくめながら、篠が熱く甘い息で囁《ささや》いた。

「これほどまでに心地よいとは……。我が身ながら、このように感じる身体にできていたことを知りませんでした……」

篠が涙を流しながら言い、まだ余韻がくすぶっているように、熟れ肌をびくりと震わせていた。

どうやら予想以上の効果を上げてしまったようだ。

「どうか、指だけでなく、本当に最後まで教えてくださいませ……」

篠が言い、彼を抱きながら片方の手で帯を解きはじめた。

玄馬も、それは願ってもないことだった。姫を舐めて淫気は最高潮だし、今また篠の味や匂いに触れて我慢できないほどになっている。

彼も着物を脱ぎ、下帯まで解き放って全裸になってしまった。

すると篠も一糸まとわぬ姿になって半身を起こし、彼の股間に視線を向けてきた。

「これが、男のものなのですね……」

彼女は言い、恐る恐る指を伸ばしてきた。今度は、篠が男を観察する番に回るらしい。

やんわりと握り、硬度と感触を確かめるように根元から先端まで、にぎにぎと指を這《は》わせていった。

「このように硬く立っているときは、淫気に包まれていると聞きます。今がそうなのですね。この私に淫気を……」

さすがに大年増となれば、体験はなくても多くの知識を得ているようだった。

「そうです。篠さんを抱きたくて立っているのです」

「ああ……」

言葉だけで興奮し、篠は愛しげに肉棒に頬をすり寄せた。こうした直情型は、いったん好きとなると、とことん情を濃くしてくるものなのかもしれない。

篠は幹に頬ずりしながら、ふぐりにも指を這わせた。

「これが急所の金的なのですね。強くすると痛みますか」

「はい、そこは優しく……」

言うと、篠はそっと撫で回し、とうとう舌を這わせてきてくれた。これも、誰に教わったわけでもなく、高まる淫気の中で自発的に行なってしまったのだろう。

温かく濡れた舌が、興奮と緊張に縮こまった袋全体に這い回り、さらに幹を舐め上げて張りつめた亀頭を舐め回してきた。

「ああ……、気持ちいい……」

うっとりと玄馬が口走ると、篠はさらに熱を込めてしゃぶりはじめた。やはり情が濃いと、相手の喜びが自分の喜びと思えてくるのだろう。通常ならば、一物を舐めるなど抵抗があるだろうが、今は何しろ自分が舐められて気を遣った直後だし、淫気の高まりが絶大だから、この行動も全く自然な感じだった。

篠は激しく舌を動かし、熱い息を彼の股間に籠もらせながら、喉の奥まですっぽりと呑み込んできた。夕月の技巧には及ぶはずもないが、その情熱的な舌の動き、貪《むさぼ》るような吸い付き具合は激しく玄馬を高まらせた。

やがて彼が暴発する前に、篠の方からすぽんと口を離し、感極まったように抱きついてきた。

玄馬は上になり、彼女に唇を重ねて舌をからませた。ぽってりとした肉厚の唇が吸い付き、篠も熱く甘い息を弾ませながら彼の舌を舐め回した。

そして充分に豊満美女の唾液と吐息を味わってから、白い首筋を舐め下り、何とも豊かな乳房に顔を埋めていった。色づいた乳首に吸い付き、もう片方を揉み、甘ったるい濃厚な肌の匂いで胸を満たした。

「あん……、もっと強く……」

篠はくねくねと身悶《みもだ》え、激しく玄馬の顔を掻き抱いてきた。顔中が膨らみに埋まり、彼は心地よい窒息感の中、左右の乳首を交互に吸った。

そして肌を舐め下り、むっちりと量感のある太腿を愛撫し、とうとう足の裏まで移動してしまった。

「あッ……、な、何をなさいます……」

爪先をしゃぶると、篠が驚いたように言い、びくっと脚を引っ込めようとした。

玄馬は構わず、指の股に籠もる悩ましい匂いを嗅ぎ、汗と脂の湿り気を舐め取った。

「アア……、い、いけない。そのようなこと……」

肛門まで舐められても、やはり足となると激しい羞恥と抵抗感があるようで、篠は狂おしく身悶えた。

これも玄馬は両方とも、味も匂いも消え去るまでまんべんなく舐め尽くした。

再び脚の内側を舐め上げ、新たな淫水にまみれた陰戸を舐め回し、オサネに吸い付いてから、いよいよ玄馬は身を起こして彼女の中心部に股間を進めていった。

先端を押し当てると、篠も身構えるようにびくっと熟れ肌を硬直させた。

位置を定め、玄馬はゆっくりと貫いていった。

「あう！」

張りつめた亀頭がぬるりと潜り込むと、篠は僅かに眉をひそめて呻いた。

しかし先端が入ってしまうと、あとはぬるぬるっと滑らかに吸い込まれていった。

中は熱く濡れ、柔襞の摩擦が実に心地よかった。

玄馬は暴発を堪《こら》えて根元まで押し込み、股間を押しつけながら脚を伸ばし、身を重ねていった。

すぐにも篠が下から激しくしがみついてくる。熟れて豊かな肌が、何とも柔らかく弾んで快適だった。玄馬は、弾む豊乳を胸で押しつぶしながら彼女の肩に手を回し、肌全体を密着させながら、陰戸の温もりと感触を味わった。

「痛いですか……」

「最初は少し……、でも今は、とても嬉しい……」

篠は甘い息で答え、きゅっときつく締め付けてきた。さすがに夕月よりも狭く、締まりは良い感じがした。

玄馬は少しずつ様子を探るように、小刻みに腰を突き動かしはじめた。熱くぬめった柔襞がこすれ、次第にくちゅくちゅと湿った音が聞こえてきた。

「く……！」

「痛かったら止めます」

「大丈夫。もっと強く、私を目茶苦茶にして……、アアッ……！」

次第に篠も声を上ずらせ、いつしか下からもずんずんと股間を突き上げはじめていた。

初めての体験でも、肉体は充分すぎるほど熟れているし、何しろ淫水の量が多いので、すぐにも快感が芽生えてきたのだろう。まして指と舌で気を遣ったばかりだから、肉体がさらなる快感を欲しているようだった。

揺れてぶつかるふぐりまで、溢れる蜜汁にべっとりとまみれた。玄馬の律動も次第に勢いがつき、いつしか股間をぶつけるほどに激しいものになっていた。

唇を重ね、心ゆくまで美女の唾液と吐息を吸収すると、もう玄馬も限界に達してしまった。まるで身体中が、篠の熟れた果肉に包まれているような快感の中、とうとう彼は身を震わせながら昇り詰めた。

「く……！」

口を吸いながら呻き、玄馬は熱い大量の精汁を、勢いよく篠の柔肉の奥にほとばしらせた。まだ二度目にしては失敗もなく、まして大年増とはいえ生娘を相手に、最高の快感を得ることができた。

「アア……！　熱いわ、奥が……」

口を離し、篠が顔をのけぞらせて口走った。奥深い部分を直撃する噴出を感じ取ったのだろう。まだ気を遣るにはほど遠いかも知れないが、男と一つになったという充足感は、篠を夢中にさせているようだった。

狂おしく前後運動を続け、玄馬は最後の一滴まで心地よく放出し尽くした。

徐々に動きをゆるめ、やがて彼は力を抜いてぐったりと篠の熟れ肌に体重を預けた。そして甘い匂いと温もりに包まれながら、うっとりと快感の余韻を味わった。

篠も身を投げ出し、荒い呼吸で彼を乗せたまま豊乳を上下させていた。

「とうとう、私は女になったのですね……」

篠が、また涙を滲ませながら呟いた。

「そうです。ちゃんと感じるように出来ているのですから、これからも、どんどんしないといけません」

「また、してくださいますか」

篠が、深々と入ったままの肉棒をきゅっと締め付けながら言った。

「ええ、もちろん」

「次はいつ」

「五日後に、また姫様に呼ばれておりますので、そのあとにまたここで」

玄馬は言い、我ながら良い流れだと思った。いかに姫君を舐めようとも、自分の淫気を放出するわけにはいかないのだから、せめてそのあとに篠が抱ければ万々歳である。

「五日後、そんなに先ですか……。ええ、でもお待ちします。必ず……」

篠は言い、やがて玄馬もゆっくりと身を離した。そして互いの股間を懐紙で拭い、身繕いをした玄馬は一礼して篠の部屋を辞した。

遅くなったが、玄馬が自分の住まいに戻ると、まだ千影が起きて待っていた。

「お帰りなさいませ。お疲れ様です」

「ああ、ただいま。先に休んでいればよいのに」

玄馬は言い、寝巻きに着替えて床に就いた。可憐な千影には欲情したし、いま篠を抱いたとはいえ若いのだから淫気も満々だが、今夜は寝ることにした。千影ほどの美少女、しかも生娘となれば、相応の覚悟と意気込みで行ないたい。篠を抱いたついでのように体験してしまったら勿体《もったい》ないと思ったのだ。

千影も、もちろん自分から求めるようなことはせず、深々と辞儀をして別室に下がっていった。

とにかく、今日は胸がいっぱいだった。玄馬は、咲耶姫の味と匂い、篠との情交を思い出しながら、深い満足の中で眠りについた。

三

「眠りもお目覚めも快適でございますか」

翌朝、玄馬は忠斎の付き添いもなく、一人で咲耶の検診に出向いていた。今日からは、毎日一人で姫君に拝謁することになろう。

もちろん咲耶の傍らには、篠もついていた。その二人が、やけに熱っぽい眼差しで玄馬を見つめている。一夜明けても、昨夜のことは一時の気の迷いではなく、二人とも熱情が持続しているようだった。

「良い気分です。そろそろ外に出てみたいのですが」

「はい。殿がお国入りするまでには大丈夫かと思いますが、あまりご無理をされても困りますので、今しばらく」

玄馬が脈を取りながら言うと、咲耶は篠から見られぬよう、そっと彼の手を握り返していた。

そして目と口を診《み》てから、玄馬は姫の許《もと》を辞した。

咲耶に関しては、すっかり良い季節になったとはいえ外気に触れるとなれば玄馬の一存ではなく、忠斎とも相談しなければならないだろう。無理をして体調を崩し、主君のお国入りの時に臥《ふ》せられていては典医の面目に関わる。

やがて玄馬は御用場にて、咲耶の大小の排泄物を検査してから昼餉を終え、住まいに戻っていった。

これから夜まで読書をして、千影を抱く時間を待つのも辛《つら》いと思ったが、この日は医師の寄り合いがあったため、玄馬は忠斎とともに城下に出て、料亭の二階へと出向いた。もちろん助手となる千影も同行させた。

寄り合いには町医者が集まっていた。内科、外科、歯医者、目医者、鍼灸《しんきゅう》師など名だたるものばかりであるが、若輩の玄馬を小馬鹿にするようなものはいない。みな玄馬の亡父には世話になっているし、玄馬の手に負えぬ時は典医の指名により彼らも城内に呼ばれることがあるからだ。

とにかく忠斎と玄馬は、これら全ての専門知識を得ていなくてはならない。

「解体新書《かいたいしんしょ》は、まだ手に入りませぬか」

「大変に入手が困難と聞きますが、来月、殿のお国入りの折には同輩が持ってきてくれると思いますので」

医師たちの問いに、忠斎が答えた。

杉田玄白《すぎたげんぱく》、前野良沢《まえのりょうたく》が著わした『たあへる・あなとみあ』の翻訳本が出たのが一昨年《おととし》のことだ。最初は、主流だった漢方医たちが、それまでの医学を否定する悪書として抗議する騒ぎもあったが、今ではすっかり医師たちの常識となり、かつての誤った知識を改める大きな切っ掛けとなっていた。

それでも江戸を離れた小田浜では、まだ誰も目にしていないのである。

やがて玄馬は皆から貴重な話を聞いて書き留め、少し早めの夕餉を料亭で終え、日が暮れる頃に城内へ戻ってきた。

「さて！」

早々と寝巻きに着替えた玄馬は、戸締まりをして床を延べた千影を前にし、期待に胸を膨らませた。もう今夜は急な呼び出しもないだろう。

千影も寝巻き姿になり、行燈の灯を点けてから、玄馬とともに床に滑り込んできた。

玄馬は腕枕してやり、千影の温もりに激しく勃起した。

「今宵、私と千影は結ばれる」

「はい」

「夕月どのから、情交のことは聞いているのですね」

「はい。かつて我が姥山の衆が得意としていた術の一つに、淫法なるものがあります」

「いんぽう、とは淫らな法ですか。それはどのような」

「泰平《たいへい》の世となっては無用の術ゆえ、使えるものは少なくなっております。もとは、敵方の男を惑《まど》わし、情交の虜《とりこ》にすることでございます。また素質のあるものは、陰戸から針を飛ばしたり、あるいは仕込んだ針で一物を貫いたりしたようですが」

「わあ、なんて痛そうな……」

「中には、強く締め付けて引きちぎるもの、あるいは精汁のみならず命まで吸い取る術があったように聞きます。逆に、男の鈴口へ精汁を逆流させ、いつまでも気を遣らせる術などども」

「なるほど、実に興味深いが、千影も？」

「今は、そうした訓練は素質のあるものだけです。私は、体術と薬草の知識のみ」

「そうですか……」

残念なような、ほっとしたような複雑な気分である。しかし、可憐な千影への情欲は限界に達し、玄馬は会話を止めて彼女を抱き寄せた。

唇を求め、近々と顔を迫らせると、千影は長い睫毛を伏せ、ぷっくりした桜ん坊のような唇を僅かに開き、甘酸っぱい息を弾ませて白い歯を覗かせていた。

素破といえば、強靭な体力と精神力を持っていように、その千影が震えているのだ。

玄馬は感動した。素破といっても所詮は初体験に怯《おび》える少女、というより、その緊張が彼女の玄馬に対する愛情と解釈したのである。

唇を触れ合わせると、さらに野山の香りを含んだ果実臭が濃く鼻腔を満たしてきた。

玄馬は柔らかな感触を味わいながら、そっと舌を差し入れ、白く滑らかな歯並びを舌先で左右にたどった。

千影も前歯を開き、舌を伸ばして触れ合わせた。

玄馬は甘く濡れた美少女の舌を舐め、さらに口の中を隅々まで舐め回した。温かく濡れた口の中は芳香が満ち、柔らかな舌はぬらぬらと滑らかに蠢《うごめ》いた。

胸元に手を入れ、張りと弾力ある膨らみを揉みながら乳首をいじると、

「ンンッ……！」

千影が小さく呻いて熱い息を弾ませ、ちゅっと強く彼の舌に吸い付いてきた。

玄馬は心ゆくまで美少女の唾液と吐息を吸収してから、甘い匂いのする首筋を舐め下りて、胸元を開きながら乳首に吸い付いていった。

膨らみは、まださして大きくないが充分な張りを持ち、乳首と乳輪は、周囲の白い肌と紛うほどに淡い色合いだった。

ややもすれば陥没しがちな乳首も、吸いながら舌で転がすうち、次第にこりこりと硬く突き立ってきた。玄馬はもう片方も充分に吸い、舐め回してから、甘ったるい体臭を求めて腋の下にも顔を埋めていった。

淡いが、実に悩ましい汗の匂いが馥郁と籠もり、玄馬は汗ばんだ腋の窪みに舌を這わせた。腋毛はなく、すべすべした舌触りだった。

玄馬は彼女の帯を解き、寝巻きを左右に開きながら徐々に柔肌を舐め下りてゆき、愛らしい縦長の臍を舐め、腰から太腿へと移動していった。

「ああ……」

喘ぎを堪えていた千影も、とうとう可憐な声を洩らし、くねくねと身悶えはじめた。

そして玄馬は、篠にもして多大な羞恥効果を上げた足舐めを行なった。

これは、女にとって相当に衝撃的な行為であるらしい。何しろ日頃からふんぞり返って威張っている男が、女の足裏を舐めるのだから。しかし玄馬にしてみれば、女体の匂いのする部位は全て興奮を高める大切な場所である。相手のためではなく、自分の淫気のため味と匂いを知りたいだけなのだった。

足首を摑んで持ち上げ、千影の足の裏に舌を這わせながら、縮こまった指にも鼻を押しつけた。

「あッ……、い、いけません……」

千影はびくっと身体を震わせ、上ずった声で言った。

まして篠と違って千影は士分でもなく、玄馬を主君のように思っているのだ。その衝撃はいかばかりであろう。

しかし玄馬は構わず押さえつけ、彼女の爪先にしゃぶりついて、順々に指の股に舌を割り込ませていった。うっすらとしょっぱい味わいがあり、彼は汗と脂を吸い取るように貪《むさぼ》った。

避けるだけの技は持っていように、千影はただ身を震わせ、じっとされるままになっているだけだった。それは玄馬が、嫌々ではなく自分の悦びのためにしているということが千影にも分かるからなのだろう。

玄馬は悠々と両足とも舐め尽くし、やがて自分も寝巻きを脱いで腹這いになり、美少女の股間へと顔を進めていった。

内腿は滑らかで、さすがに姫とは段違いに引き締まって筋肉もついていた。

大股開きにさせて股間を見つめると、楚々とした若草がほんのひとつまみほど恥ずかしげに煙り、幼げな割れ目から桃色の花弁が覗いていた。

指を当てて開くと、

「あん……」

触れられた千影が小さく声を洩らした。

股間全体には熱気と湿り気が籠もり、内部は実に綺麗な桃色の柔肉だった。処女の膣口は細かな襞に覆われ、包皮の下のオサネもつやつやとした光沢を放っていた。

堪まらずに玄馬は顔を埋め込み、柔らかな若草に鼻をこすりつけて美少女の匂いを嗅いだ。甘ったるい汗の匂いに、微かに刺激的な残尿や生娘特有の分泌物、野性味のある体臭などが程よく混じり合っていた。

舌を這わせて内部に潜り込ませると、温かくぬるっとした柔肉に触れた。

「ああッ……、汚いですから、玄馬様……」

千影は、がくがくと内腿を震わせて言った。やはり士分が股に顔を埋めることに、激しい畏《おそ》れ多さを覚えているのだろう。

しかし玄馬はオサネを舐め回し、さらに脚を浮かせて可愛い尻の谷間にも鼻と口を押しつけていった。秘めやかな微香を嗅ぎ、細かな襞を舐めながら中にもぬるっと押し込み、彼は千影の前も後ろも心ゆくまで味わった。

四

「アアーッ……、い、いけない……、もう堪忍……！」

千影ががくがくと腰を跳ね上げ、しきりに嫌々をしながら口走った。

玄馬はもがく股間を押さえつけてオサネを舐め続け、さらにどのような狭さか陰戸に指を入れ、慣らすように出し入れさせてみた。

中は燃えるように熱く、さすがに締まりも良かった。蜜汁は充分なので、貫いても大事ないだろう。

しかし玄馬は、まだまだ戯《たわむ》れて、彼女の羞恥反応も見ていたかった。淫気は満々だから本当は早く入れて射精したいのに、その反面、少しでも長く味わい、じっくりと千影の新鉢を割りたかったのだ。

「あうう……、げ、玄馬様、もう……」

千影は弓なりに身を反らせて言いながら、ひくひくと痙攣した。どうやら小波のように断続的に、気を遣る波が押し寄せているようだった。

蜜汁は夕月に似て大量で、さすがに生娘とはいえ素破としてあらゆる知識も叩き込まれているのだろう。感じ方も大人と同じようだった。

やがて彼女がぐったりとなると、玄馬は指を引き抜き、顔を離して添い寝した。

千影はしばし荒い呼吸を繰り返していたが、まるで彼の心が分かるかのように、すぐに身を起こしてきた。今度は自分が愛撫する番と心得たのだろう。

彼女は上からぴったりと唇を重ね、玄馬の肌を柔らかな手のひらで撫で回してきた。

受け身になった玄馬は、無垢な愛撫を受け止めながら激しく高まった。

「もっと唾を……」

玄馬は、彼女の舌と吐息を味わいながら囁いた。

「でも……」

「健康な味を知っておきたいのです」

言うと、ためらっていた千影も再び口を重ね、とろとろと生温かな唾液を注ぎ込んでくれた。玄馬は、とろりとした適度な粘り気を持つ美酒を味わった。細かに弾ける小泡の一つ一つに、美少女の芳香が含まれているようだった。

玄馬は飲み干し、甘美な興奮に全身を包まれた。

千影も舌を伸ばし、淫水にまみれた彼の口の周りや鼻の頭まで舐めてくれ、首筋を這い降り、乳首にも吸い付いてきた。

「ああ……」

男でも激しく感じ、玄馬は身悶えながら肌をくすぐる息と舌の感触を噛みしめた。

千影は両の乳首を交互に舐め、さらに肌を舐め下りて腰から足へと移っていった。そして爪先を含まれると、

「そ、そこはしなくても……」

思わず口走った。

「いいえ、私もして頂いたのですから」

千影は遠慮なくしゃぶりつき、玄馬がしたように全ての指の股にぬるりと舌を割り込ませてくれた。

なるほど、このような気持ちか、と玄馬はうっとりとしながら思った。温かな口に含まれると、何やら素足で泥濘《ぬかるみ》でも踏んでいるようだ。指の股に舌が入るたび、ぞくりとした甘美な震えが背筋を走る。心地よさと、申し訳なさが入り混じったような、何とも奇妙な

感覚であった。

千影は両足とも舐め、全く彼がしたと同じ愛撫をしてから脚の内側を舐め上げてきた。

玄馬も大股開きになって濃厚な愛撫を待ち、千影の舌は内腿に達した。ここも実に心地よい刺激があった。

「千影、噛《か》んでみてくれ……」

玄馬は、ぞくぞくと胸を震わせて恥ずかしい要求をしてみた。

「それは、なりません。ご主人様を傷つけるようなことだけは……」

「私が望むのだ。さあ」

玄馬が言うと、千影は息を震わせ、彼の内腿にそっと歯を立ててきた。

「もっと強く……、ああ、気持ちいい……」

玄馬は、美少女の愛咬《あいこう》に身悶え、甘美な痛みと快感に激しく高まった。

千影も、要求と自戒のなか出来る範囲で噛み、ようやく顔を肉棒に寄せてきた。

舌先で、根元から先端まで裏側を舐め上げ、特に粘液の滲む鈴口は念入りにしゃぶってくれた。

「う……」

玄馬も、もう何か要求する余裕もなくなり、ただ与えられる快感を受け止めてじっと身を投げ出していた。千影は張りつめた亀頭を舐め、すっぽりと温かな口に含み、さらにすぽんと引き抜いてはふぐりにもまんべんなく舌を這い回らせた。

もちろん彼の脚を浮かせて肛門も舐め、ぬるっと舌先を押し込んできたりした。

「ああ……、何とも……」

玄馬は喘ぎながら、きゅっと力を入れて、柔らかく濡れた舌を締め付けた。肛門で、美少女の舌を感じるとは、何という贅沢な快感であろう。

やがて千影は彼の脚を下ろし、再び肉棒を含んできた。たっぷりと唾液をまつわりつかせ、彼の高まりを察すると口を離した。

「では、どうかご存分にお入れくださいませ……」

千影が言い、仰向けになろうとした。

しかし、仰向けのままその腕を摑み、玄馬は彼女を自分の上へと押し上げた。

「千影が上になってくれ。美しい顔を下から見ていたい」

興奮と愛しさのあまり、玄馬の言葉も次第に親しみを込めて砕《くだ》けたものになり、命令口調も自然に出るようになっていった。

「そ、それはできません。ご主人様を跨《また》ぐなど……」

「いや、どうしてもそうしたい。うん、その前に顔も跨いでもらおう。もう一度下から舐めてから入れてもらう」

「ああん……、罰《ばち》が当たります……」

千影はもじもじと言って尻込みしたが、玄馬は強引に彼女の脚を引き寄せ、まるで厠の格好のように顔を跨がせてしまった。

「ああ……、このようなこと、どうかお頭にも誰にも……」

千影は可哀想なほど震えながら、新たな蜜汁を滴《したた》らせた。

仰向けの玄馬の顔の左右に、千影の足がある。力が抜けて座り込みそうになると、彼女は両膝を突いた。

玄馬は鼻先に迫る美少女の陰戸を嗅ぎ、滴る淫水をすすった。下からの眺めは実に良いものだ。震える下腹から真上に滑らかな肌が続き、張りのある乳房の間からのけぞる顔が見えている。

オサネに舌を這わせると、

「アアーッ……!」

千影は声を上げ、今にも気を失いそうに身を揺すった。もう限界かも知れない。

「さあ、では自分から入れてごらん」

玄馬が言うと、顔を跨いでいるよりはましと思ったか、すぐに千影は下へと移動し、今度は素直に肉棒を跨いできた。

幹に指を添え、自分で先端を陰戸に押し当て、ゆっくりと座り込んできたのだ。

張りつめた亀頭が、ぬるりと陰戸を押し広げて潜り込んだ。

「あう……」

千影は僅かに眉をひそめて呻いたが、あとは自分の重みに任せて腰を沈み込ませた。

たちまち屹立《きつりつ》した肉棒は、ぬるぬるっと滑らかに根元まで潜り込み、やがて互いの股間がぴったりと密着した。

玄馬も、その摩擦快感だけで危うく漏らしそうになるのを必死に堪えた。

さすがに締まりが良く、同じ生娘でも熟れた篠の比ではなかった。中は熱く濡れ、柔肉がきゅっきゅっと息づくような艶めかしい収縮を繰り返している。

彼の胸に両手を突き、上体を反らせていた千影も、やがて玄馬が下から股間を突き上げはじめると、

「アア……!」

声を洩らし、とても起きていられなくなったように身を重ねてきた。

そして彼女も、玄馬の突き上げに合わせて腰を使いはじめてくれた。

「痛くないかい」

「大事ありません。どうか、もっと強く、心おきなくお出しくださいませ……」

千影が健気《けなげ》に言い、玄馬も勢いを付けながら彼女を抱きすくめた。

時には律動しながら屈《かが》み込んで乳首を吸い、あるいは伸び上がって唇を重ねた。何をしても千影は応じてくれ、可愛らしい息の匂いを弾ませながら腰を動かしてくれた。

溢れる蜜汁が彼の内腿までべっとりと濡らし、くちゅくちゅと音が聞こえるほど互いの動きは滑らかになっていった。

「ああ……、いきそうだ……」

「どうぞ、いつでも。私も気持ちいい、とっても……」

千影が耳元で熱く囁き、動きを速めてくれた。初回から感じるとも思えないが、夕月の教育によるものだろうか。とにかく主人と仰いだ人物に全て合わせて悦ばせ、そうすることが自身の幸福であると教え込まれているのだろう。

たちまち玄馬は、宙に舞うような大きな快感に呑み込まれていった。

「く……!」

短く呻き、彼はありったけの熱い精汁を勢いよくほとばしらせた。

「あぁッ……、玄馬様……、嬉しい……!」

彼の射精を感じ取ると、千影も狂おしく腰を使ってくれ、激しく身悶えはじめた。

やがて最後の一滴まで放出すると、玄馬は動きを止め、全身に千影の匂いと温もりを感じながら手足を投げ出した。

千影も律動を止め、それでも余りを絞り出すように膣内を締め付け続けてくれた。玄馬は、うっとりと余韻を味わいながら、千影の重みを心地よく受け止めていた。

五

「千影、してほしいことがあるのだが」

玄馬は言った。二人、情交を終えて湯殿に来ていた。

もう火を落としているが、まだ充分に湯は温かい。他の人も、もう入りに来ることはないし、玄馬はたまに夜間の急患のあとに勝手に使うことがあるから問題はなかった。

そして互いに身体を洗い終えると、玄馬は以前からの願望を口にした。

「はい、何なりと」

千影は、汗を流してようやくほっとしたようだが、それでも灯りに羞じらいながら、湯に濡れた身体を縮めて答えた。

「ゆばりを放つところを見てみたいのだ」

「え……？　こ、ここで、ですか……」

「そうだ。しかも出るところが良く見えるように股を開き、立ったまま私の顔の前で出して欲しい」

「そ、そのようなことは……」

千影は息を震わせて言い、湯を浴びたばかりだというのに、ふんわりと甘ったるい匂いを揺らめかせた。

「どのように出るのか、医師として見ておかねばならぬし、健康な味と匂いも知っておいた方が良いのだ」

「し、しかし……」

「さあ、典医の手伝いと思って耐《た》えてくれ。ではこのように」

玄馬は座ったまま言い、目の前に彼女を立たせた。そして千影の片方の足を浴槽の縁に乗せさせ、陰戸が丸見えになるよう大股開きにさせた。

「そ、そのようにお近くでは、お身体に……」

「かかっても良い。どちらにしろ味を見るのだからな」

玄馬は言いながら、激しく勃起していた。医学的な義務からと言うより、やはり淫らな性癖によるものが大きいからだ。

「ああ……、恥ずかしい……」

千影が、言われた形を取りながらも、がくがくと膝を震わせて言った。強靭な精神力を持つ素破でも、やはり十六の少女だ。出るまでには時間もかかるだろうが、玄馬は根気よく待った。

玄馬の目の前で、開かれた割れ目がひくひくと震え、内部の柔肉が迫《せ》り出すように妖しく蠢いていた。彼女も、しなければ終わらないと悟ったようで、懸命に息を詰めて下腹に力を入れている。

そして、ようやく尿口がゆるんできた。

「あ……あうう……、よ、よいのですね、本当に出しても……」

「ああ、頼む」

言うと、迫り出した柔肉の真ん中から、ちょろっと弱い水流がほとばしってきた。

「アア……」

千影は声を上げ、大変なことをしてしまったというふうに肉を引き締めたが、いったん放たれた流れは止めようもなく、ちょろちょろと次第に勢いを付けて一条の流れとなっていった。

なるほど、筒のない女はこのように出すものか、と玄馬は、放物線を描いて胸に降り注ぐ流れを受け止めながら思った。しゃがみ込んで出すのと少し違うかも知れないが、主流の他に、割れ目内部に溜まってぽたぽた滴るものや、肛門や内腿に伝う分もあった。

ほんのりした淡い匂いに鼻腔を刺激され、微かな湯気の立つ流れに、彼はそっと舌を伸ばしてみた。

「ああ……、どうか、少しだけに……」

千影が、彼の行為を見下ろして息を呑んだ。主人に尿を浴びせているだけでも、立っていられないほどの衝撃なのに、そのうえ口に受けられたのである。

玄馬は興奮に包まれながら、千影の出したものを味わってみた。

味も匂いも実に控えめで、思っていた以上に抵抗なく喉を通過してしまった。

間もなく流れが弱まってきたので、玄馬はとうとう大きく開いた口を割れ目に密着させて、直接受け止めた。

不快ではない。いや、むしろ心地よい。美しい女というのは、根本から肉体の造りが違うのだろうか。

玄馬は千影の匂いに包まれながら、とうとう最後まで飲んでしまった。

流れが治まると、びしょびしょの割れ目内部に舌を差し入れ、余りの雫《しずく》をすすった。

「アアッ……！」

千影が声を上げ、たちまちゆばりの味が消え失せて、淡い酸味を含んだ大量の蜜汁が内部に満ち満ちてきた。

玄馬が強く吸い付き、激しく舐め回していると、とうとう千影は立っていられず、くたくたと彼の胸へとくずおれてきてしまった。彼も受け止め、激しく勃起した肉棒を千影の肌に押しつけた。

「どうか、お口をすすいでくださいませ……」

「いや、千影の残り香をずっと味わっていたい」

玄馬が抱きしめながら言うと、千影は羞恥に身を震わせ、甘えるように彼の胸に頬を押し当ててきた。そっと割れ目を探ると、熱い淫水は後から後から湧き出し、もう互いに気を遣るまで収まらなくなっていた。

玄馬は彼女の陰戸をいじりながら唇を重ね、甘酸っぱい息と温かな唾液を味わいながら気を高めた。

「ンンッ……!」

彼女も、呻きながら激しく舌を蠢かせ、彼の舌にも強く吸い付いてきた。自分のゆばりを飲んだばかりの口だが、それは一向に気にならないようだった。

やがて玄馬は彼女を向こう向きにさせ、浴槽の縁に摑まらせた。

そして彼は真後ろから肉棒を構え、股間の真下にある陰戸に先端を押し当てていった。するると千影も尻を突き出し、位置を定めてくれた。ゆっくりと挿入していくと、また違った感触でぬるぬるっと一物が呑み込まれていった。

「あう……！」

千影が白い背を反らせて呻き、それでも自分から尻を押しつけてきた。

深々と根元まで貫くと、彼の下腹部に尻の丸みが密着して心地よく弾んだ。なるほど、この感覚は後ろ取り（後背位）ならではのものだろう。

玄馬は、しばし彼女の温もりと感触を味わってから、やがて小刻みに股間を前後に突き動かしはじめた。

「ああ……、気持ちいい……」

千影も、必死に浴槽にしがみつきながら喘ぎ、動きに合わせて腰を前後させてきた。

大量の蜜汁がぴちゃくちゃと鳴り、玄馬は急激に高まった。

やがて彼女の背に身を重ね、両脇から回した手で乳房をわし摑みにしながら律動した。

彼女は首をねじ曲げ、懸命に唇を求めてくる。玄馬も身を乗り出し、互いに伸ばした舌を触れ合わせた。

美少女の息と舌のぬめりを感じ取った瞬間、玄馬はたちまち宙に舞うような絶頂の快感に呑み込まれた。

「く……！」

呻きながら、股間をぶつけるように動かした。肌のぶつかる音が響き、彼はありったけの熱い精汁をほとばしらせた。獣のように後ろから貫くというのも、実に趣のある良いものだった。

最後まで出し切ると、玄馬は動きを止め、千影にのしかかりながら余韻に浸った。

彼女は顔を伏せたまま、忙しげな呼吸を繰り返し、深々と納まったままの肉棒を断続的に締め上げてきた。

まだ二度目だが、彼女なりに快感の高まりが得られたようにぐったりとしていた。やはり淫法を駆使する血筋だけに、その成長も実にめざましいのだろう。

玄馬は身を離し、もう一度彼女の全身に湯を浴びせ、股間を洗ってやった。千影ははあはあ喘ぎながらも、千影もすぐに身を起こして彼の股間を洗ってくれ、やがて二人は交互に湯に浸かってから湯殿を出た。

身体を拭き、寝巻きを着て住まいに戻ってくると、さすがに玄馬も心地よい疲労の中で床に就いた。

もう一度ぐらい喜んで出来るが、一晩にそう何度も張り切らなくても、毎晩いつでも彼女を抱けるのだ。今日は千影の新鉢を割り、ゆばりまで味わってから後ろ取りも体験したので、これで満足すべきだろう。あまり数を重ねて飽食しようにも、目覚めたばかりの彼女の身体がついてこられまい。

「では、お休みなさいませ」

千影も心得、辞儀をして自分の部屋へと去っていった。本当は甘えて一緒に寝たいだろうが、彼女もまた気を遣い、そう夜更けまで彼を疲れさせてはいけないと思っているようだった。

玄馬は目を閉じ、千影の匂いや感触、味や反応などを一つ一つ思い起こしながら、深く記憶に刻みつけた。思わず勃起しはじめてしまったが、すでに二回射精しているので、我慢できぬほどではない。むしろ余韻の中で快感を思い出し、眠りにつくにはちょうど良い感じだった。

淫気は満たされ、そして千影を健康体の基準にすれば、必ずや姫君の日々の検診にも役立つことだろう。

それにしても、つい先日までは絶大な淫気に悶々《もんもん》としていたのだが、今は実に満たされた毎日を送っている。夕月に手ほどきを受け、その上その娘の千影と暮らしているのだ。

さらに雲の上の女神だった咲耶姫とも親密になり、侍女の篠まで自分との情交を求めるようになっている。

玄馬は思い、この幸福がいつまでも続くことを願った。

間もなく主君正興が帰参すれば、人も増えて忙しくなるかも知れないが、美女たちとの縁は切りたくなかった。

やがて勃起したまま彼は、いつしか心地よい眠りについたのだった。

第三章　新造は乳の匂い

一

「乳が張って仕方がありません。多く出るたちなのでしょうね」

たつが言い、もじもじと豊満な身体を縮めた。

「赤ん坊が吸ってくれないときは、甚兵衛さんにお願いすれば良いのです」

玄馬は言い、彼女の白い胸元から目をそらした。

今日も玄馬は、山麓にある甚兵衛方を訪ねてきていた。薬草の補充と、千影の見送りである。

千影は、ここからさらに姥山方面を目指し甚兵衛とともに出向いていった。姥山の里まで行かなくても、途中に中継地点の小屋があり、そこまで行けば山々の薬草などが貯蔵されているのだ。今回に限り、荷も多いので甚兵衛も同行してくれたのだ。

「とんでもない。うちの人は子供を可愛がるばかりで、私にはちっとも触りゃしません。

気味悪がって、乳など吸ってくれるものですか」

たつが、思わず砕けた口調になったが、

「も、申し訳ありません。つまらない愚痴《ぐち》を」

すぐに居住まいを正して言った。

「なあに、本当に辛《つら》いときはしてくれるでしょう。では、今日は私でよろしければ」

「え……！　そ、そんなこと玄庵先生にはお願いできません」

たつは驚いたようにびくりと身じろぎ、思わず胸を押さえた。

玄馬も、淫気を湧き上がらせていたが、努めて冷静な医師の口調で続けた。

「いや、実は城内にも孕《はら》んだ方がいるので、今後とも治療のため、吸っておきたいのですが。もちろんどうしてもお嫌なら諦めますが」

赤ん坊は、さんざん乳を飲んだあとで、今は満足げに眠り込んでいた。

「い、嫌ではないのですけれど、お武家に吸われるのはあまりに畏《おそ》れ多くて……」

たつは、困ったように俯《うつむ》いて言った。実際、亭主以外の男に触れられるのを拒《こば》んでいるのではなく、あくまでも遠慮している風情《ふぜい》だった。

「でも、それを楽にさせるのも医者の務めです。どうか後学のために」

「はあ、それで少しでもお役に立てるのでしたら……、でも、きまり悪いです……」

たつも、徐々に協力する姿勢になってきた。何しろ玄庵には世話になっているし、家臣たちの役にも立つと言われては断われないだろう。

「では、少しだけ辛抱してくださいね」

玄馬が言ってにじり寄ると、たつも覚悟を決めたように、思い切りよく胸元を大きく開いた。何とも大きな乳房が二つ、ぶるんと弾けるように露出した。

篠も豊かだったが、やはり子を産んだあとだから乳首と乳輪はやや濃く色づき、膨《ふく》らみにもうっすらと血管が透《す》けて、通常とは異なった趣《おもむき》だった。

その乳首に、ぽつんと白い雫が滲《にじ》んでいた。

「ええと、どのようにしたら良いかな……」

玄馬は顔を寄せながら、どうすれば疲れない体勢になるか迷った。

「では、この方がお楽でしょう」

すると、たつが布団を引き寄せ、先に自分がその上で半身起こした状態になった。赤ん坊と寝るため、常に布団が敷かれていたのだ。

玄馬も添い寝すると、たつはすぐに腕枕してくれた。

目の前に、乳汁の滲んだ乳首がある。玄馬はちゅっと吸い付いた。幼い頃に母の乳を吸ったことすらおぼろげなので、どうにも要領が分からない。

膨らみに顔全体を押しつけ、懸命に乳首を口に挟んで吸い、たまに滲んだ乳汁を舐め取った。

「あん……、舐めずに、強く吸うのです。乳首の芯を挟むように……」

たつが小さく、しかし力を込めて言った。息を詰めているのは、思わず喘《あえ》いでしまいそうだからかも知れない。

玄馬は強く挟み付け、頬をすぼめて吸い付いた。すると、たちまち生ぬるい液体が舌を濡らしてきた。どうやら吸い出す要領が分かってきたようだ。

「そう、お上手です……。吸ったら、これに吐き出してくださいませ……」

たつが言いながら、懐紙を取り出した。

「いえ、赤ん坊が飲むのだから汚いものじゃありません。味を知っておくことも必要ですので」

玄馬は口を離して答え、またすぐに吸い付きながら喉を潤した。

甘ったるい乳の匂いに、汗ばんだ肌が濃厚に香った。膨らみは柔らかく、強く吸うたびに無数の乳腺から霧状になった乳汁が口の中を濡らし、甘い匂いが広がった。

「う……んん……」

吸われながら、たつは大きく息を吸い込んでは止め、微かな声を洩らしながら鼻から息を吐いていた。しかし、何度かに一度は、堪らぬように口を開いて息を吐き出した。熱く湿り気のある息は、夕月や篠とは違い、甘い中にも鼻腔の天井に引っかかるような刺激が含まれ、その健康的で濃厚な匂いが股間に心地よく伝わっていった。

「お……、美味《おい》しいのですか。そんなにお飲みになって……」

たつは、また息を詰めて囁き、もっと絞り出すように膨らみをしごいた。

新たな乳汁が大量に口に飛び込み、玄馬はうっとりと味わいながら舌を這わせた。

「ああ……、玄庵様、何とお可愛ゆい……。大きな赤子のようです……」

たつは熱く喘ぎはじめながら、そっと彼の顔を抱きしめた。

どうやら彼女も淫気を高め、いつしか我を忘れて身悶《みもだ》えはじめていた。

玄馬は、農家の若い新造の汗と息の匂いに包まれながら激しく勃起し、さらにもう片方の乳首にも吸い付いていった。

「アア……、もっと吸って……、どうか、強く……」

たつはくねくねと身をよじらせ、いつしか完全に仰向けになっていた。玄馬も上からのしかかるように乳首を吸い、心ゆくまで味と匂いを堪能した。

次第に張りも和らぎ、あらかた乳は出尽くしたようだった。

しかし、たつが一向に彼にしがみついたまま離そうとしない。それどころか、自分から彼の股間に手を這わせてきたではないか。

「お、大きくなってます……。なんて嬉しい……」

勃起を確認すると、たつは驚いたように言った。

「ね、玄庵様。どうせ秘密を作ってしまったのだから、もっと多くのことを……」

たつが熱っぽい眼差しで見上げ、息を弾ませて訴えかけた。

「お若いのだから、いくらでも溜まっていることでしょう。乳を飲んで頂いたお礼に、今度は私が飲んで差し上げます……」

たつが身を起こして言い、玄馬も乳首から離れて仰向けになった。

「うちの人のなんか飲みたくありませんが、こんなに美しいお武家の方のなら、飲んでみたいと思います……」

たつは彼の帯を解き、裾を開いて下帯を外しながら言った。

そして雄々しく屹立した肉棒を露出させると、溜息混じりに惚《ほ》れ惚れと見つめた。

「なんて逞《たくま》しい……。こんなに硬くて大きいもの、初めて見ました……」

たつが、玄馬の股間に熱い息を吐きかけながら、うっとりと言った。

そして両手で押し包むように幹に触れ、そっと先端から舐め回しはじめたのだった。

「ああ……」

玄馬は快感に喘ぎ、たつの口元でひくひくと幹を上下させた。

「どうか、我慢なさらずに、心おきなく私の口にお出しくださいませ」

たつは言って次第に激しくしゃぶり、すっぽりと喉の奥まで呑み込んでいった。

温かく濡れた口の中は、何とも心地よく、内部では長い舌がくちゅくちゅと妖しく蠢いてからみついた。夕月ほどの技巧は望むべくもないが、今までの誰よりも激しく情熱的な貪《むさぼ》り方だった。

頬をすぼめ、ちゅぱちゅぱと行儀の悪い音を立てながら口で摩擦し、時には愛しげに頬ずりをし、ふぐりにもしゃぶりついてくれた。

「ああ……、い、いきそうです。本当に出しても……」

玄馬は、再び含まれて吸い付かれながら口走った。甚兵衛がこのような愛撫を年中させているとも思えないし、最近はめっきり情交していないようだから、たつは誰に教わるでもなく、本能的に行動しているのだろう。

たつは口を離さず、小さく頷きながら強烈な愛撫を続行した。

たちまち大きな快感の津波が襲いかかり、玄馬は押し流されてしまった。

「く……！」

短く呻き、彼はありったけの精汁を勢いよく新造の口にほとばしらせた。まるで、大量の精汁が、狭い出口を求めて我先にひしめき合うようだった。

「ク……ンンッ……！」

喉を直撃されながら、たつは小さく呻いて吸引を倍加させた。

「あうう……、な、なんて……」

これも本能的に行なっただけだろうが、激しい快感をもたらした。射精の最中に強く吸うものだから、どくんどくんと脈打つ調子が無視され、まるでふぐりから直接精汁が吸い取られているような、じっとしていられない快感だった。

たつは喉を鳴らして飲み込みながら、吸引と舌の動きを休めず、最後の一滴まで吸い出してしまった。

「も、もう……」

出し尽くした玄馬は、降参するように身をよじって口走った。射精直後の亀頭が過敏に反応し、痛いほどの刺激が全身を襲ったのだ。

ようやく、たつもすぽんと口を離してくれた。そして乳汁が滲んでいるような先端の鈴口を舐め回し、大仕事を終えたように息を吐いて再び添い寝してきたのだった。

「美味しかった……。とってもたくさん出ました……」

たつは熱っぽい眼差しで囁き、まだまだ淫気を抱え込んだように身をすり寄せてきた。

玄馬は快感の余韻に浸りながら、まだまだ試してみたいことを考えた。ここまでくればたつもあらゆる要求に応えてくれるだろう。

それに、赤ん坊も一向に目を覚ます様子はなかった。

「お、お願いがあります。どうせ二人だけの秘密を持ったのなら、もっといろいろ協力願えますか……」

玄馬が言うと、たつも、これで終わりではないことを喜ぶように顔を向けてきた。

二

「はい。どんなことでもご遠慮なく仰ってくださいな……」

「では、これも医学のためなのですが、おたつさんの健康な味と匂いを知っておきたいのです」

玄馬は、射精したばかりというのに、自分の淫らな要求にすぐにもむくむくと回復しはじめてしまった。

「それは、どのようなことを……」

「身体中あちこち、舐めさせてください」

玄馬は言い、たつが混乱して戸惑っている間に抱き寄せ、ぴったりと唇を重ねてしまった。弾力ある唇が密着すると、甘く濃厚な吐息が鼻腔を熱く満たした。

「ンン……!」

よく分からないが、こういうことなら喜んで、と言う具合にたつも激しくしがみつき、悩ましく呻きながら口を押しつけてきた。舌を差し入れると、たつも前歯を開いてぽってりとした舌をちろちろとからませてきた。

玄馬は、たつの口の中を舐め回しながら乳房を揉み、充分に唾液と吐息を味わってから首筋を舐め下りていった。

もう一度左右の色づいた乳首を交互に吸い、乱れた着物の中に潜り込むようにして、甘ったるい汗の匂いを籠《こ》もらせる腋《わき》の下にも鼻を押しつけた。濃厚な体臭には、やはり乳の成分も混じっているような気がした。柔らかな腋毛が鼻に心地よく、玄馬はこすりつけながら舌を這わせた。

「あ……ああ……、くすぐったい……」

たつがくねくねと身悶えながら言い、激しく喘ぎながら、されるままになっていた。

玄馬は若い新造の体臭を胸いっぱいに吸い込んでから、徐々に柔肌を舌で這い降りていった。

帯を解いて着物を開き、腰巻きを取り払って色づいた臍《へそ》に舌を這わせると、またたつはくすぐったそうに腰をよじった。

しかし、臍より下へと彼が舌を這わせていくと、急にたつは不安になったようだ。

「あ、あの、まさか……、味や匂いと言っても、その、陰戸まで……」

たつは急に喘ぎと身悶えを止め、両膝をきっちり掻き合わせながら言った。

「もちろん。そこを舐めて確かめないと役に立ちません」

「そ、それはなりません。お口が汚れます……」

「そんなことはない。おたつさんも姫君も、おんなじ人間なのですよ。健康な女の陰戸の味と匂いを知ることにより、姫君の検診にも大いに役立つのですから」

「しかし、お武家様が私のような女の股座にお顔を入れるなど……」

「人は、皆そこから出てくるのですから、どうか気を楽に」

玄馬は言い、とうとうたつの両膝を全開にさせ、腹這いになりながら顔を潜り込ませていった。

「ああッ……、い、いけません……!」

彼の熱い視線と息を中心部に感じ、たつは顔をのけぞらせて口走ったが、身体の方は、とことん拒《こば》む姿勢は見せなかった。

恥毛は黒々と密集し、白くむっちりとした左右の内腿は、まるで搗《つ》き立ての餅のようだった。中心部の割れ目も肉づきが良く、はみ出した陰唇はねっとりとした淫水にまみれていた。

指を当てて左右に広げると、奥の柔肉がぬめぬめと妖しく蠢き、細かな襞を入り組ませた膣口周辺には、乳汁に似た白濁の粘液がべっとりとまつわりついていた。

包皮を押し上げるオサネは大きめで、光沢のある突起は男の亀頭を小さくした形をしているのが見て取れた。

そして股間全体には、湿り気を含んだ熱気が渦巻くように籠もり、悩ましい女の匂いが馥郁《ふくいく》と彼を誘っていた。

玄馬は吸い寄せられるように、たつの股間にぎゅっと顔を埋め込んだ。

「アアーッ……！　げ、玄庵様……」

たつが声を震わせて言い、びくっと内腿で彼の顔を締め付けてきた。

柔らかな茂みに鼻をこすりつけると、何とも艶めかしい女の匂いが刺激的に鼻腔をくすぐり、陰戸を舐めはじめると酸味混じりの淫水がとろりと舌を濡らしてきた。

舌を差し入れ、ぬるぬるする柔肉を味わい、オサネまで舐め上げていった。

「く……、き、気持ち、いい……！」

たつがのけぞりながら、息を詰めて言った。肉体の反応に、ようやく気持ちもついてきたようだ。

玄馬は小刻みにオサネを舐め上げ、どんどん溢れてくる蜜汁をすすり、もちろん両脚を浮かせ、お襁褓《むつ》でも替えるような格好にさせて白く豊かな尻の谷間に顔を押しつけていった。指で双丘をむっちりと開き、きゅっとつぼまった肛門に鼻を埋め込むと、秘めやかな匂いが感じられた。

まさに、姫君も侍女も素破も農家の新造も、みな基本的には同じ匂いなのだ。それでも玄馬は直接感じるたびに大きな興奮と悦びを得るのだった。

「ひいッ……！　な、何をなさいます……！」

肛門に舌を這わせると、たつが浮かせた脚を震わせて声を上げた。

「どうかじっとして。これも医師の務めなのですから」

玄馬は言いながら、舌先でくすぐるようにちろちろと細かな襞を舐め、充分に濡らしてからぬるりと潜り込ませ、内部の滑らかな粘膜まで存分に味わった。

「アア……！」

たつが、きゅっきゅっと肛門を引き締めながら喘ぎ続け、彼の鼻先にある割れ目からはとろとろと新たな淫水を漏らしていた。おそらく甚兵衛にも、ここまでは舐められたことがないのだろう。

肛門から離れ、さらに玄馬は彼女の脚を舐め下り、足裏から、汗と脂に湿った指の股まで舌を這わせ、逞しくも悩ましい匂いを味わった。

「も、もう、堪忍《かんにん》……！」

たつは、もう自分が何をされているかも分からぬほど乱れに乱れ、やがて両足とも舐め尽くした玄馬は、再び彼女の股間に顔を潜り込ませてオサネに吸い付いた。

「あうう……、こ、こんなの、初めて……、身体が……」

たつは、すでに小さな絶頂の波を何度となく受け止め、がくがくと全身を痙攣《けいれん》させはじめていた。もちろん味わっている間に、玄馬自身もすっかり回復し、待ちきれないほどに高まっていた。

ようやく顔を上げ、玄馬はのしかかっていった。

たつも大股開きになり、すっかり受け入れる体勢になっている。やはりいかに快感に喘いでいても武士に舐められるのは気が引け、正規の結合の方が全面的に受け止められるのだろう。

先端を熱く濡れた陰戸に押し当て、息を詰めてゆっくりと挿入していった。

ぬるぬるっと肉棒が心地よく呑み込まれてゆき、

「ああーッ……！」

たつが激しく声を上げて両手を伸ばしてきた。

玄馬は深々と根元まで押し込み、身を重ねていった。すかさず、たつがきつくしがみついてくる。

玄馬は股間を密着させ、たつの息づく柔肌に身を預けながら、その温もりと感触を嚙みしめた。動かなくても膣内が艶めかしく収縮し、子を産んだばかりでも実に締まりは良かった。

やがて胸で豊かな乳房を押しつぶしながら腰を突き動かしはじめると、

「アア……、気持ちいい……、もっと、玄庵様。お願い、強く……！」

たつが股間を突き上げながら、熱く甘い息を弾ませてせがんだ。

玄馬も次第に激しく律動を開始し、心地よい柔襞の摩擦に高まっていった。大量に溢れる淫水が互いの接点をびしょびしょに濡らし、いよいよ彼も限界に達した。

すると、それより先にたつが気を遣った。

「ああーッ……！　い、いく……！」

弓なりに反り返り、がくんがくんと狂おしく股間を跳ね上げはじめた。同時に膣内の収縮も最高潮になり、とうとう玄馬も大きな絶頂の嵐に巻き込まれた。

「く……！」

快感を嚙みしめて呻き、玄馬は股間をぶつけるように動きながら、ありったけの熱い精汁を放った。

まだ体験する前の時は、たつを犯すようで気が引けたが、こうして実行してみると彼女は実に快く受け入れてくれ、彼以上に快感を味わってくれた。最初から、たつに頼んでもうまくいったろうとも思ったが、やはり結果的に初体験は夕月のような手練《てだ》れで良かったのだろう。

最後の一滴まで快く出し尽くすと、玄馬は動きを止め、たつの甘い吐息を間近に感じながらうっとりと余韻に浸っていった。

彼女もすっかり満足して硬直を解き、ぐったりと手足を投げ出した。力の抜けきった、その欲も得もない表情は、何やら菩薩のように神々しくさえ見えたものだった。

「どうか、後悔なさいませんように……」

玄馬は囁いた。

うんと年上の甚兵衛に可愛がられているから、あとでたつが気に病《や》まなければ良いがと思ったのだ。どうしても激情が過ぎると、そうしたことが気になってしまう。ならば最初からしなければ良いのだが、若い淫気はどうにもならないのだ。

「ええ、決して致しません……。それより、お嫌でなかったらまた、たまにして頂けますか……。こんなに良かったのは、生まれて初めてです……」

たつが、うっとりと熱っぽい眼差しで囁いた。まだ荒い呼吸は治まらず、彼女は何度となく肉棒を締め付け、余韻を味わっていた。

この分なら、甚兵衛が帰宅してからも、様子がおかしいと思われることもないだろう。

玄馬は安心し、また来ることを約束してから身を離していった。

三

「あれから五日、たいそう待ちこがれました……」

咲耶が、すっかり頰を桜色に染めて言った。

もう日が落ちていた。玄馬は夕餉と入浴を終えてから、姫の寝所に出向いていた。

やはり、毎朝の検診で見る表情とは異なり、姫は淫気を溜め込んだように艶めかしい眼差しをしていた。まだ生娘とはいえ快感を知ると、僅かの間に大人の女に成長したような感があった。

今回は、侍女の篠も襖の向こうに控え、おとなしく自分の順番を待っていた。

「さあ、早う前のように……」

咲耶は仰向けのまま帯を解き、寝巻きと腰巻きを開いてしまった。

玄馬も、そのつもりで来たのだから、ためらいなく身を進めた。

「待って。今日は、そなたのものも見たい」

いきなり姫が言った。

「そ、それはなりません」

「なぜ。婿を迎えれば見ることになりましょう。私の勉強になります」

「通常は暗闇で行ないますし、まず見ることや、いじったりすることもございません」

「では、ただ陰戸に入れられるのみか」

「まあ、そういうことになります。どうかご辛抱を」

玄馬が言っても、咲耶は納得しなかったようだ。

「篠！」

姫は半身を起こし、寝巻きの前を掻き合わせながら篠を呼んだ。

「はい、ただいま」

篠が答え、静かに襖を開けて入ってきた。

「聞いていたか」

「いいえ、なにも」

「婿を取る前に、男のものを見てみたいと思うが、良くないことか」

「それは……、お気持ちは分からないではございませぬが……」

篠は言いよどみ、困ったように玄馬を見た。以前の篠であれば迷うことなくぴしゃりとはねつけ、姫をたしなめたかも知れぬが、すっかり快感に目覚めてしまった彼女は、同じ女として素直に姫の気持ちを察しているようだった。

「おお、そうであろう。見たいと思う気持ちは無理からぬものと思う。篠は見たことがあるのか」

「は……、幼児のものだけ。あとは書物や人に聞いた知識のみでございますが」

篠は言いにくそうに答え、すっかり戸惑っていた。何しろ、早く玄馬が姫の陰戸を舐めて気を遣らせ、ゆっくり自分が情交するのを待っていたのである。それなのに今宵は姫が無理を言い、なかなか自分の番が回ってきそうにないのだ。

「ならば、篠も一緒に見よう。お前がいれば間違いは起こさぬ。それならば支障はなかろう。さあ、玄庵どの」

姫は言い、篠も止めようとしないので、やむなく玄馬は裾を開き、下帯を解いて一物を露出させた。もちろん姫の前だから緊張に萎縮しがちだが、すっかり淫気も高まっているので勃起は時間の問題だった。

「もっと、見やすいように近うへ。そう、ここへ仰向けに」

言われて、玄馬は伺《うかが》いを立てるように篠を見たが、小さく頷くので、畏《おそ》れ多いが姫の匂いのする床に横たわった。

するると、咲耶と篠が彼を左右から挟むように見下ろしてきた。

「これが男のものか、何と可愛ゆい……」

姫が熱い視線を注ぎながら、そっと手を伸ばそうとするのを、篠がやんわりと押しとどめた。

「どうかお手は触れませぬように。これがいちもつで、これがふぐり。中に二つの玉があり、男の急所となりますが、この中で精汁を作っていると言われます」

篠が指しながら説明した。

「精汁は、どこから」

「この、先端の鈴口にございます。ゆばりと同じ穴ですが、同時には出ぬようになっていると聞きます」

「これが、どのように陰戸に入るのか」

「刺激すると大きくなり、硬く突き立ちます。さすれば、濡れた陰戸に難なく挿入が」

「刺激とはどのようなものか。篠がして見せておくれ」

「はあ、では……」

篠は、そっと手を伸ばし、幹をつまんで優しく動かした。たちまち緊張が解け、玄馬自身はむくむくと膨張していった。

「まあ……！　このように……」

目の前で、みるみる肉棒が急角度に青筋立ててそそり立ち、姫は目を見張って言った。

亀頭は光沢を持って張りつめ、玄馬もすっかり気持ちを楽にし、淫気だけを前面に出して身を投げ出した。

「このように太いものが、入るものなのか……」

「はい。そのために陰戸から淫水が溢れ、受け入れやすくします。最初は少々痛いこともありましょうが、じきにことのほか気持ち良くなります」

篠は思わず断定的に言ったが、姫は気づかないようだった。

「陰戸に差し入れれば、すぐに精汁が出るのか」

「いえ、やはり刺激をするため、出し入れするように動くのです」

「では、陰戸に入れなくても、刺激をすれば出るのだな。そこを見たい」

姫は好奇心に目をきらきらさせて言い、篠を促した。

篠は再び幹を握り、ぎこちなく動かしてきた。鈴口からは粘液が滲み、次第に玄馬も高まってきたが、やはり指だけでは物足りなかった。

「まだか。そう、舐めてみたらどうか。きっと心地よいであろうと思う」

姫が言った。まさか、自分が舐められて気持ち良かったから、とは篠の前で言えないだろうが、男も、その方が良いと思ったのだろう。

「はい。では」

篠も、ためらいなく屈み込み、すっぽりと亀頭を含み込んだ。

玄馬は、温かな口の中で幹を震わせ、篠の唾液にまみれながら喘いだ。

しかも二人の美女の匂いが甘く彼を包み込み、篠の口と舌の動きも次第に調子づいて滑らかになってきた。

「ああ……、い、いきそう……」

姫の前で舞い上がっていることもあり、玄馬はたちまち快感に貫かれて口走った。

篠が口を離し、続きは指でしごいてくれた。同時に、先端から激しい勢いで白濁した精汁がほとばしった。

「あ……」

姫が声を漏らし、篠はそれを懐紙に受け止めたが、どくんどくんと飛び散る様子はしっかりと姫に見せた。

「なんと、不思議な……」

姫は目を丸くし、出なくなるまで見届けて呟いた。

「なるほど、陰戸の中で放てば、あれが奥へ届いて子になるのだな……」

「もう、よろしゅうございましょうか……」

すっかり満足して萎《な》えはじめた玄馬は、余韻に浸る間もなく言った。そうそう長く姫の布団に寝ているわけにもいかない。飛び散った精汁は、全て篠が拭き清めてくれた。

「では、篠。もう下がって休むとよい」

「は、ではお休みなさいませ」

言われて、篠は深々と辞儀をして寝所を去っていった。

「さあ、では玄庵。して……」

再び姫が仰向けになり、白い内腿を全開にさせた。

玄馬は腹這いになって顔を進め、懐かしい姫の体臭を胸いっぱいに嗅いだ。まだ射精の余韻が残っているが、二人きりになると再び胸が高鳴り、すぐにも股間が疼いてきた。

そして彼女の花弁も、しっとりと露を宿して潤っていた。

玄馬は柔らかな若草の丘に鼻を埋め、悩ましい匂いを吸収しながら、花弁の内部に舌を差し入れていった。

「ああ……」

姫も、すぐに喘ぎはじめ、奥の柔肉を妖しく蠢かせた。

玄馬は内部を隅々まで味わい、オサネを優しく舐め上げ、さらに脚を浮かせて肛門も念入りに舐めたり嗅いだりした。

そして、臍より上を舐めるわけにいかないので、せめて足の裏と爪先もしゃぶり、指の股の匂いも記憶に刻みつけた。もちろん外へ出ず、しかも滅多に歩き回らない姫のことだから匂いは淡く、実に上品で控えめだった。

再びオサネに吸い付き、玄馬は恐る恐る指を膣口に這わせ、様子を見ながら差し入れていった。一物を入れれば大不忠になるが、指ならば婿を迎えたときの練習ぐらいになるだろう。

熱く濡れた内部を揉みほぐすようにいじりながら、玄馬はオサネを舐め続けた。

「あ……、ああ……、玄庵、また身体が雲の上のように……、アアーッ……！」

さすがに大声は上げないが、咲耶は前回よりも早くに気を遣り、彼の指をきつく締め付けながら身をよじって絶頂に達した。

玄馬は溢れた淫水をすすり、指を引き抜いた。それ以上の刺激を嫌がるように姫が寝返りを打つと、彼も顔を離して身を起こした。

はあはあ喘いでいる姫の股間をそっと拭い、寝巻きと布団を整えた。そして手早く、玄馬も身繕いをする。姫に触れているうち、一物はすっかり回復していた。

「とっても気持ち良かった……。玄庵、また五日後に……」

「承知しました。では、お休みなさいませ」

玄馬は平伏して言い、姫の寝所を出るとすぐに篠の部屋へと向かった。

四

「驚きました。姫様があれほど男に興味をお持ちになるとは……」

篠が、玄馬を迎え入れて言った。彼女は、自分の一存で姫をどんどん淫《みだ》らな世界に巻き込んでいくことに、激しいためらいを抱いているようだ。

しかし元をたどれば喜多岡家の中に、淫法の手練れである姥山の血筋も混じっているのだから、咲耶が淫らなことに激しい好奇心や関心を持ったところで不思議はないのかも知れない。

あとは、婿を取ってから平穏に過ごしてくれさえすれば良いのだ。

「心配です。おそらく家臣の中から真面目一徹《いってつ》な婿を取るでしょう。婿殿は、多くのことをしないに違いなく、舐められる悦びを得た姫がどのようになるか」

「その時はその時。欲求が溜まり気鬱《きうつ》にでもなられたら困りますので、そのために医師がおります」

玄馬が言うと、ようやく篠も取り越し苦労を止め、着物を脱ぎはじめた。もとより、姫の前で玄馬の一物をしゃぶったときから淫気が高まっていたのだろう。むしろ、射精した玄馬以上に篠の方が飢《う》えているのだった。

彼も脱いで互いに全裸になると、すぐに布団に横たわってもつれ合った。

口を重ね、舌を吸い合い、玄馬は篠の甘い唾液と吐息に酔いしれながら、さっきの射精などなかったかのように激しく高まってきた。

ようやく口を離し、玄馬は篠の豊かな乳房に顔を埋めていった。

乳首を含んで舌で転がすと、何とも生ぬるく甘ったるい汗の匂いが馥郁と彼を包み込んできた。

「ああ……、嚙んで……」

篠がうねうねと熟れ肌を息づかせて言った。玄馬は歯を立て、もう片方も存分に愛撫しながら、指でむっちりとした内腿を撫で上げた。割れ目をいじると、そこはもう蜜汁が大洪水になり、たちまち指の動きもぬらぬらと滑らかになった。

乳首から口を離すと、篠が激しく喘ぎながら言った。

「お願いがあります。今日は、後ろから入れてくださいな。獣のように……」

「わかりました。では私もお願いが。仰向けになるので、顔に跨ってください」

言いながら仰向けになり、玄馬は彼女の身体を押し上げた。

「え……？　そ、そのようなこと……」

「どうせ舐めるのですから、同じことです」

玄馬は言い、彼女の下半身を抱き寄せた。

「ああ……、このようなこと、して良いものでしょうか……」

篠はためらいながらも、激しい淫気と好奇心に突き動かされ、とうとう玄馬の顔に跨ってきた。

下からの眺めは実に良かった。千影の倍ほどもある豊満な身体に押しつぶされそうになりながら、玄馬は篠の熟れた匂いを味わった。茂みが鼻を覆うと、馥郁たる刺激的な匂いが鼻腔に満ち、溢れた淫水が口を濡らしてきた。

舌を伸ばして蜜汁をすすり、オサネを探りながら腰を抱え込んだ。

「アア……、なんて、いい気持ち……」

篠は両膝を突き、いつしか自分から割れ目を彼の顔中にこすりつけながら口走った。

玄馬は潜り込み、白く豊かな尻の下にも舌を這わせ、僅かに肉を盛り上げた艶めかしい肛門を舐め回した。

「あう……、そこ、もっと……」

篠は羞恥も抵抗感もかなぐり捨て、潜り込んだ彼の舌を締め付けながら、巨大な尻をくねくねと悶えさせた。

充分に味わってから、玄馬は口をオサネに戻し、軽く歯を立てながら小刻みに舌で弾いた。大量に溢れる淫水が彼の顔中を温かく、ねっとりとまみれさせた。

「も、もう、お願い、入れて……!」

絶頂を迫らせながら篠が言うと、ようやく玄馬も下から這い出して身を起こした。

篠は、そのまま四つん這いになり、大きな尻を突き出してきた。

玄馬は膝を突いて股間を進め、先端を後ろから彼女の陰戸に押し当てた。そしてゆっくりと貫いていく。

「アアッ……!」

篠が汗ばんだ背中を反らせて喘ぎ、一物は滑らかに根元まで呑み込まれていった。

下腹部を押しつけると、豊かな尻の丸みが心地よく密着して弾んだ。この感触が、何より後ろ取りの妙味であった。

前に千影と湯殿で行なったときより、布団の上だし相手も豊満なので楽で、遠慮なくのしかかることが出来た。

玄馬は彼女の腰を抱え、じっくりと感触を味わってから腰を突き動かしはじめた。

篠も、くねくねと尻を動かして合わせてくれた。溢れる淫水が、揺れてぶつかるふぐりをぬめらせ、やがて彼は篠の背にのしかかり、左右から回した手で、たわわに実る乳房をわし摑みにした。

「あうう……、もっと、強く……！」

篠が、きゅっと一物を締め付けながらせがんだ。

薙刀をよくする女丈夫《じょうふ》ではあるが、本性は強さよりも、受け身になって虐《しいた》げられる方が好みなのかも知れない。

玄馬は容赦なく乳首をつまみ、膨らみを握りしめながら股間をぶつけた。その勢いに淫水がとび散り、ひたひたと濡れた肌のぶつかる音が響いた。

「ああ……、き、気持ちいいッ……！」

篠は顔を伏せて呻き、とうとう尻を突き出していられなくなり、がっくりとうつ伏せになってしまった。玄馬もその上に腹這い、柔らかく豊かな尻の丸みを味わいながら、ずんずんと律動を続けた。

「い、いく……、アアッ……！」

篠が熟れ肌を痙攣させて口走った。

しかし玄馬は、挿入したまま彼女の身体を横向きにさせ、下になった脚を跨ぎ、上になった脚に両手でしがみつきながら動いた。肌の密着感が高まり、いよいよ玄馬も絶頂を迫らせて律動を速めた。

さらに繋がったまま篠を仰向けにさせ、本手に戻してから身を重ね、玄馬は絶頂に向けて動き続けた。やはり後ろ取りよりも、豊かな乳房や美しい顔、甘い息や舌のぬめりを感じながら果てたかった。まあ、さっき一度射精したから、こうした体位換えの余裕もあったのだろう。

篠は、息も絶えだえになって下から両手を回し、なおも股間を突き上げていた。

玄馬もとうとう高まり、絶頂の快感に全身を貫かれた。どくどくと勢いよく射精しながら、大量の精汁をほとばしらせた。

「ああっ……！」

玄馬は声を洩らし、身をよじる快感に包まれながら動いた。

篠の方は、もう声も出せず半分失神したように恍惚の表情でぐったりとなっていた。

玄馬は最後の一滴まで絞り尽くし、ようやく動きを止めて篠に体重を預けた。息づく熟れ肌にたゆたい、美女の温もりと匂いの中で、うっとりと余韻に浸り込んだ。すればするほど、自分の方も良くなり、上手くなっている実感があった。

「アア……、良かった……」

篠が大きく息を吸い込み、ゆっくりと吐き出しながら言った。

「今まで、どうしてこんなに良いことをしようとしなかったのか、悔《く》やまれます……」

篠が、実感を込めて呟《つぶや》いた。今までは武家の女として武芸に励み、姫の側近として一点の曇りもない生き様を自分に強いてきたのだろう。

もちろん肉体が成熟すれば欲望も湧いただろうが、そのたびに彼女は薙刀に励み、姫やお家への忠義に紛らしてきたようだった。

「今からでも、全然遅くはないでしょう。姫が悦びに目覚めたのだから、その気持ちを解るためにも、これからもどんどん感覚を研ぎ澄ますのが良いと思います」

玄馬は答え、ようやくゆっくりと股間を引き離した。そしてまだ股間を拭く気力も湧かないまま篠に添い寝し、甘えるように腕枕してもらった。

「殿のお国入りとともに、姫様の夫として良い人が来ると思います。姫様のお気に入れば良いのですが、もし妻《めあ》わせられない場合は、いよいよ姫様が玄庵様に気持ちを傾けるのではないか、それが心配です」

「大丈夫。私は医師の分を守りますし、いま以上のことは決して行ないません」

「それは、そうなのでしょうけれど、姫様がたってと望まれた場合に……」

篠は、自身が満足すると、やはり思うのは姫のことばかりのようだった。

良い夫が来なければ溜まった淫気が心配で、夫婦になったらなったで、ろくに満足もさせられない堅物《かたぶつ》では、また別の心配が出る。そう言いたいのだろう。

「まあ、そう取り越し苦労はしないことです。同じ家臣でも江戸育ちの方なら、そうそう堅物というばかりではないでしょう」

玄馬は言い、篠もようやく納得したように小さく頷いた。

彼は起き上がり、互いの股間を懐紙で拭い、先に手早く身繕いしてから、篠の寝巻きと布団も整えてやった。篠は、まるで少女のようにされるままになり、この余韻のまま眠りたいようだった。

「朝までご一緒したいけれど、それは無理ですね……」

「ええ、ではこれにて。また五日後に。お休みなさいませ」

甘えるように言う篠に答え、玄馬は行燈の灯を消して、そっと彼女の寝所を出た。

真っ直ぐに自分の住まいに戻ると、やはり千影が起きて待っていた。

玄馬は二度の射精で満足しているので、やはり今夜は千影を抱かず、それぞれ別の部屋で眠った……。

五

——いよいよ、主君正興が帰国してきた。

江戸屋敷の家臣も多く従ってきたが、その中のどれが姫君の夫候補なのか、まだ分からなかった。

四月に入り、風もすっかり初夏のものとなっていた。

あれから玄馬は、五日おきに咲耶の陰戸を舐めて気を遣らせ、そのあとは必ず篠を抱いて情交に耽った。もちろん千影は毎晩のように抱き、彼女も次第に羞恥を乗り越え、彼の要求に応えながら大きな快感に目覚めていった。そして、それらの合間には甚兵衛の留守を狙い、たつとも情交を繰り返していた。

「咲耶の回復、目を見張るものがある。礼を言うぞ」

忠斎と玄馬は主君じきじきにお褒《ほ》めの言葉を頂き、いたく恐縮し感激したものだった。

姫もすっかり良くなり、今では庭を自由に歩けるようになっていた。

これで忠斎は、また正興をはじめ、多くの側近の健康管理が忙しくなり、玄馬は咲耶とその侍女たち周辺を任されることになった。

そんな折、玄馬は江戸から戻った叔父、結城市之進《いちのしん》の家に呼ばれた。

市之進は亡父の弟で五十歳。城下に居を構え、町医者を営んでいた。今回は正興とともに江戸へ赴き、典医代わりに付き従っていたのである。

玄馬は千影に留守番をさせ、一人で叔父の家に出向いていった。

すると庭に、花を眺めている一人の女がいた。

「あれ？　あなたは……」

男やもめの叔父の家に若い女がいたので、玄馬は驚いて声をかけた。

「江戸から参りました。旗本、伊原三左衛門《いはらさんざえもん》の娘、せんと申します」

「はあ、私は結城玄馬。この家の主は私の叔父ですが」

「左様ですか。父と市之進様が碁の仲間でして、こたびはぜひ小田浜を見物にと」

「そうでしたか」

どうやら叔父は、江戸滞在中に親しくなった旗本の娘を誘い、一緒に連れてきたようだった。小田浜藩は江戸と年中船で往復しているから、いつでも船便で帰れるだろう。

「して、叔父上は」

「医師の寄り合いとかにお出かけですが、間もなくお帰りになります」

せんは優雅に答えた。物静かな瓜実顔《うりざね》で、年齢は、玄馬より少し上ぐらいか。美形ではあるが、どこか取り澄《す》ましたような冷たさも感じられた。

「何もないところなのですね」

「え？　ああ、江戸に比べれば田舎《いなか》ですからね」

「櫛《くし》の細工が壊れたのだけれど、こちらにはあまり良い品は置いてありませんのね」

せんが言い、赤い櫛を取り出して撫《な》でた。見ると、小さな花の細工物があしらわれているが、花弁が少し欠けていた。

「綺麗な細工ですね」

「源内《げんない》櫛と申しますの。平賀《ひらが》源内、ご存じ？」

「いいえ。江戸では有名な人ですか？」

「まあ、ご存じない。信じられませんわ」

せんは、口を押さえて楽しげに笑った。

（いやーな女だ……）

玄馬は思い、心の中で彼女を縛《しば》り付け、後ろから犯して泣かすことを想像した。

と、そこへ叔父の市之進が帰ってきた。

「おお、来ていたか。まあ上がれ」

市之進は坊主頭を撫でながら気さくに言い、

「せん殿も奥でお休みくだされ」

彼女にも言って老女中に茶菓子の支度を命じた。

座敷に通されると、市之進は風呂敷包みから五冊の本を取り出してきた。

「解体新書、全五巻だ。ようやく手に入れた。さっき寄り合いでもこの話が出たが、とにかく典医であるお前と忠斎殿が最初に見るべきと思ってな、皆には後回しということで我慢してもらった」

「これは、貴重なものですね」

玄馬は手に取り、ぱらぱらとめくった。なるほど、人体の解剖図、筋肉や内臓、骨の仕組みなどが克明に描かれている。

図版が満載なのは第一巻目だけで、残りの四冊は文字による解説だけだった。

「では、お借りして拝見いたします」

「ああ、よく勉強すると良い。ときに、さっき庭で会ったせん殿だが」

「はい。碁仲間であるお旗本のお嬢様とか」

「うん。十九になる。つい先日まで大奥女中をしていたから、躾《しつけ》や行儀見習いはしっかりできておる」

どうだか、と玄馬は思った。

「お前の妻にするため連れてきたのだ」

「え……!」

「そうか、嬉しいか。気に入ったようで何より」

「ちょ、ちょっとお待ちを……」

「何か不満でもあると言うのか。いや、そんなことはあるまい。父親に似て堅物のお前だ。ろくに女も知らぬまま正式な典医になってもいかんし、と思ってな」

市之進は、得意げに相好《そうごう》を崩して言った。

「あ、相手の親御もご承知なのですか……」

「むろんだ。三左衛門殿も、おぬしの甥御なら何の不満もない、と申されてな。今月吉日に、船でこちらへ参られる」

「せん殿も、そのおつもりで小田浜へ……」

「そうだ。娘として、父の言いつけは絶対である」

「そんな、会ったこともないのに……」

「さっき会って、仲良う話していたではないか」

市之進が言うと、

「失礼いたします」

声がかかり、襖が開いて静かにせんが入ってきた。盆に湯呑みを二つ載せている。

「おお、せんどのがわざわざ。これは忝《かたじけ》ない」

市之進は大仰に言い、満足げに二人を眺めた。

「いかがでござろう。甥の玄馬めは」

「はい。よろしくお願い申し上げます」

せんは言い、二人に深々と頭を下げた。

（ううむ……、顔立ちは悪くないので淫気は覚えるのだが、一生ともに暮らすとなると、どうにも……）

玄馬は暗澹《あんたん》たる気持ちで思ったが、せんにとって父親の命が絶対であるように、玄馬にとってもまた、親代わりの市之進は逆らえない存在であった。他に約束している女がいるならともかく、そうでないかぎり断わる理由もないだろう。年齢的にも、間もなく正式な典医になることを思えば決して早くはない。

「これ玄馬。お前も何とか言わぬか」

「は、はあ、こちらこそよろしく……」

市之進に促《うなが》され、玄馬が思わず言ってしまうと、それで約束が成立してしまった。

「よし、めでたい。次の船便で三左衛門殿が来るから、そうしたら晴れて夫婦じゃ。それまでの間は、せん殿は責任もってわしが預かる」

「で、では、私は今日のところはこれにて」

「おお、早く戻って勉強に励め」

言われて、玄馬は解体新書の包みを持って叔父の家を出た。

真っ直ぐに城内へと戻り、自分の住まいへ入ったものの、どうにも気が重い。

「お帰りなさいませ。どうなされました」

出迎えた千影が言うほど、意気消沈した表情だったのだろう。

玄馬は、千影に正直に打ち明けた。

「それは、おめでとう存じます」

婚礼の話を聞き、千影が座り直して言った。笑みは浮かべているが、やや寂《さび》しげに見えるのは玄馬の欲目であろうか。

「いや、めでたくはないのだ。千影が妻になってくれるのなら嬉しいのだが」

「私は、いずれ姥山に戻り、お頭のあとを継がねばなりません」

「そうだったな……。何とか、素破の術で破談に出来ぬものだろうか」

「そのようなこと、せっかく叔父上様がまとめてくださったのに。御相手の方もそのおつもりで参られたのでしょうから、ともに暮らせばすぐに情が湧きます」

「だと良いのだが、どうにも我《わ》が儘《まま》で気位が高そうだ。大奥女中をしていたと言うから、田舎暮らしを嫌い、江戸恋しさに帰ってしまえば良いのだが」

「そのようにお嫌いにならずとも、まだお目にかかったばかりなら、これから良いところがたくさん見えてきます」

「ああ、それを願いたいものだ……」

玄馬は溜息をつき、解体新書を読む気にもならず、ごろりと横になってしまった。

大奥に勤める奥女中の中で上位のもの、直接将軍や御台所《みだいどころ》に会うことの出来るお目見え以上のものは、その生涯を大奥の中で過ごすのが鉄則である。お目見え以下は、旗本や御家人の娘のみならず、町家からも住み込みに来る場合があり、それは宿下がりの許可が出れば自由に結婚も出来る。

せんの場合は、十二歳から七年間、奥女中として過ごしてきたようだった。大奥での仕事は、肌着や寝間着の洗い張り、長局《ながつぼね》の清掃、炊事、水汲みなど数多くあるが、一方で娯楽も多い。舞や三味線などの習い事、花見、月見、七夕、観劇などもある。

確かに掟《おきて》は厳しく、針一本失くしても御役御免となり、見つかるまで着替えも許されないという反面、何度となく奢侈《しゃし》禁止令が出たにもかかわらず、呉服屋や化粧品、装飾などの小物屋が出入りをし、実に優美な暮らしをしていたようだ。

もちろん数多い女たちの世界なので、せんは将軍の手などつくはずもなく、まだ生娘のままだった。

玄馬は横になりながら縁側から空を見上げ、千影との幸福な生活が終わることを恐れていた。

第四章　淫あれど愛なし

一

「いやあ、めでたい！　玄馬どの。どうか娘をよろしく頼みます！」

伊原三左衛門が、すっかり酔いに顔を赤くして言い、新郎である玄馬の肩をばんばんと叩いた。

「は、はあ。お義父上様《とうえさま》。こちらこそ、どうかよろしく……」

玄馬は、作り笑いの顔を引きつらせながら答えた。隣では、綿帽子姿のせんが、神妙に座って俯《うつむ》いている。

ここは城下にある結城家の家だ。拝領屋敷といっても小さいもので、唯一の跡継ぎであった玄馬が城内に住み込んでいたため、しばらく人に貸していたものである。そこに舞い戻り、せんとともに暮らすことになったのだった。

今後は、この家から毎日城内へと通い、今まで使っていた城内の住まいは、典医の控え室となる。

だから玄馬は、少しほっとしていた。城内にせんと住むとなれば、いかに助手代わりとはいえ、若い千影と同居するわけにもいかない。その場合は家老に頼み込み、千影を城内の女中として置いてもらうつもりだったが、それでは滅多に会えなくなってしまう。

今回の形になれば、毎晩城下の自宅に戻るとはいえ、昼間は千影とあの部屋で顔を合わせることが出来るのだった。もちろん月に何度かは、宿直《とのい》と称して泊まり込み、千影をとことん愛すれば良いのである。

しかし、それでも気が重いことには変わりなかった。

「なあに、娘と遠く離れるのは寂しゅうござるが、玄馬どのが正式な典医となれば、殿に付き添い一年おきに江戸へも出向けましょう。そのおりに、せんもお連れくだされば会えるし、やがては孫の顔も見られる」

三左衛門は上機嫌だった。よほど、せんは江戸では嫁の貰い手がなかったのだろうかと勘ぐれるほどである。

やがて宴もお開きとなり、三左衛門たちは市之進に誘われて出ていった。手伝いの女たちも、後片付けを終えると引き上げ、残るは玄馬とせんだけになった。

彼女は新造らしい着物に着替え、眉を剃りお歯黒をしていた。

確かに美しくはある。まして、まだ触れてもいないから淫気は満々だ。触れていないというのは、話が決まってから、あまりに進展が早くて慌ただしかったからである。

今日の挙式には、特別に咲耶姫からも新婦のため贈り物が届いていた。せんの心根はよく分からない。禄高からいけば、伊原家の方が僅かに結城家よりも格上である。それでも不満げな様子はなく、かといって幸せに満ちている様子も見受けられない。単に親の命令で嫁しただけなのか。とにかく表情に乏しい、人形のような雰囲気の女だった。

やがて入浴も終え、日暮れとともに玄馬は新妻と床に就くことにした。

「よろしくお願い致します」

寝巻き姿で、せんが恭しく辞儀をした。

「こちらこそ。せん、と呼びますよ」

玄馬は少しだけ愛しさを覚えて言いながら、さらなる淫気を持って彼女と並んで横たわった。

「男と女のことはご存知ですか」

「はい。絵草紙で読みました。それに大奥の仲間からも話は」

せんが小さく答えた。息に乱れはなく、小刻みに震えている様子もない。

玄馬は身を起こし、上からぴったりと唇を重ねていった。薄い唇は紅が塗られ、ほんのり白粉の匂いがした。生温かく湿り気のある息は、うっすらと薄荷《はっか》の香りとお歯黒成分による金臭い匂いが微《かす》かに感じられた。どうやら、これも江戸で流行《はや》りの口中清涼剤でも含んでいたようだ。

自然のままの匂いの好きな玄馬にとって、ここでまず淫気が半減してしまった。しかも湯上がりだから、身体中どこも大した匂いは感じられないだろう。してみると自分は、いかに女体の各所の匂いが好きなのかということを実感した。

舌を差し入れようとしたが、せんは前歯どころか、唇さえしっかりと引き締めて侵入を拒んでいた。

「舌を伸ばしてください」

口を離し、玄馬は顔を寄せたまま囁いた。

「どうするのです……」

「舐め合うのです」

「嫌でございます。そのような汚いこと」

言われて、玄馬はむっとしながら、さらに淫気が減じていくのを覚えた。

いや、まだ初日だ。やがてナマの匂いを知り、舌を吸い合う日も来るだろう。先は長いのだ、と彼は気を取り直し、移動して彼女の胸元を開き、乳首を吸おうとした。

「そこは、産まれてくる赤子が吸うところでございます」

せんは言い、再び胸を隠した。

玄馬は爆発しそうになるのを堪《こら》え、僅かに残った淫気で裾の中に手を入れ、陰戸を探ろうとした。

「そこは、殿方の触れるところではありませぬ」

せんが、息も切らさず静かに言った。こうなると、とても足や陰戸を舐めるなどということは出来そうにない。

「ならば、何をしたらよろしいのですか」

玄馬は訊きながら、肉棒が萎えかけていくのを感じた。

「お入れくださいませ。子を宿すのが私の役目」

「濡れているか調べてからでないと痛みますよ」

「構いません。さあ、どうぞ」

初めて、せんが自分から両膝を開いていった。

仕方なく玄馬は身を起こして裾をからげ、一物をしごきながら挿入が可能になるまで勃起させた。

暗いので、彼女の裾を開いても陰戸がどのようなのか分からない。股間を進め、幹に指を添えて亀頭にて股間を探ってみた。一応、柔らかな茂みはあり、割れ目の肉づきも感じられた。はみ出した陰唇も分かったが、潤っている様子はない。

玄馬はせんに悟られぬよう、そっと自分の一物に唾液を垂らし、ぬらぬらと滑らかにさせてから先端を押し当てていった。

何とか見当を付けるが、せんは一向に呼吸を乱さず、肌の緊張もない。

ようやく先端が、ずぶりと生娘の膣口を押し広げて潜り込んだ。気を遣うことはない。濡れるほど愛撫させてくれなかった妻が悪いのだ。容赦なく、ずぶずぶと一気に根元まで貫いた。

「う……ん……」

その時だけ、せんが微かに呻《うめ》いた。

玄馬は深々と押し込み、股間を密着させながら身を重ねていった。

しかし、せんはしがみついてもこない。玄馬は冷えた肌にのしかかりながら、ずんずんと乱暴に動いた。

彼女は目を閉じ、ひたすら苦行の面持ちで息を詰めていた。

玄馬は動きながら、萎えてきそうな自分を高めるため、目の前の新妻ではなく、千影や夕月、たつや篠など、今まで体験した女たち、あるいは城内で見初めた女中や上司の妻、そしてあろうことか咲耶姫まで思い浮かべてしまった。

そんな努力もあり、徐々に絶頂が迫ってきた。あらためて感じれば締まりは良いし、中は温かく、柔襞の摩擦もある。動きも滑らかになり、ほんの僅かだが淫水も溢れてきたようだった。もちろん彼女が淫気を高めたのではなく、あまりに痛いので肉体が防衛上、本能的に潤滑油を分泌させたのだろう。

ようやく玄馬も気を高め、一気に昇り詰めようと動きを速めた。

いきなり、せんが言った。

「まだ出ませぬか」

「間もなく」

玄馬は答え、黙ってろ、この莫迦《ばか》！　と心の中で怒鳴りながらも、何とか快感の津波に巻き込まれた。絶頂の瞬間だけはさすがに心地よく、思わず強引にせんに唇を重ね、内側のぬめりや歯並びを舐めながら乳房を揉んでしまった。

「ウウッ……！」

せんが顔をしかめて呻き、下でもがいた。それが心地よく、玄馬は最後の一滴まで放出し終えた。もちろん噛まれるといけないので、舌は奥まで入れることはしなかった。

乳房も案外豊かで、初々しい張りがあった。

ようやく玄馬が力を抜き、余韻に浸りはじめると、せんは顔をそむけて唇を離し、そっと手の甲で口を拭った。

(うむむ、どこまで嫌な女だ……)

玄馬は後味の悪さに、余韻など吹き飛んでしまった。

「あの、お済みでしたらどうか離れてくださいませ」

「わかったよ」

玄馬は股間を引き離し、新妻の上から身を退けた。すると、せんがいち早く枕紙を手にし、自分の股間を拭って身繕いをした。そして座り直し、辞儀をした。

「では、お休みなさいませ。旦那様」

せんは言い、別室へと下がっていった。彼女に与えた一室に、箪笥《たんす》やら鏡台やらが置いてあるので、そこで一人で寝るのだろう。

良くも何ともない初夜を終え、玄馬は先々への暗澹《あんたん》たる思いで眠ろうと努めた。

せんが、厠《かわや》に入った音が微かに聞こえている。さらに裏口へ言って口をすすぎ、ようやく自分の部屋に戻って休んだようだ。

心根の優しい女と一緒であったなら、どんなにか幸福で心ときめいたことだろう。

だが玄馬は、最初からせんに親しみを抱くことが出来ず、いかに努力しても空しいのではないかと思い、そのぶん職務に熱中しようと思ったのだった。

二

「いかがですか。夫婦になった気持ちは」

咲耶が言う。朝の検診である。

「はあ、過日の婚礼には良くして頂きまして、誠に有難う存じました。まだよく実感が湧かず、一人の方が気楽で良かったと思う方が大きゅうございます」

「左様ですか。私も、父上様より婿になるべき殿御と今日会うことになりました」

「そうでございますか」

「午後の能に参列するというので、そなたも、三人のうちどれが良いか見極めて欲しいのです」

「さ、三人ですか」

どうやら婿の候補は三人いるようだった。

「玄庵どのが決めた男を、婿にしようと思います」

「そ、それはいかなるものかと。姫様ご自身にてお決めくださる方が……」

言いかけたが、姫君が三人と気さくに話したり、じっくり見極めてどれが良いか決めるわけにはいかないだろう。それに咲耶は、唯一自分の触れたことのある玄馬に決めて欲しいようだった。

「承知いたしました。では、私の目にて検分つかまつりましょう」

玄馬は言い、検診を終えて下がっていった。

そして昼餉が済むと、城内にある大広間前に建てられた舞台にて、能が催された。正興が無事に帰国したことと、今後の小田浜の発展を祝い、縁起の良い「高砂《たかさご》」と「羽衣《はごろも》」が演じられたのだった。

大広間の奥には、正興、咲耶、国家老、そして家臣たちが居並び、玄馬もその列に入っていた。

「あれが、例の三人らしい」

隣に座っている忠斎が、彼方《かなた》を指して囁《ささや》いた。もちろん叔父の市之進も反対側の隣に座っており、事情を知っているのでそちらを見ていた。

見れば、三人の若者が、神妙な顔で座っている。みな十八から二十歳ぐらいだろう。江戸屋敷で生まれ育ち、正興や江戸家老が厳選した男たちだ。三人にしたのは、最後の最後で咲耶本人に決めさせようという親心であったろう。

「右から順に、横山《よこやま》なにがし、大河内《おおこうち》なにがし……、いや、名は面倒だ。細面の色男を役《やく》者《しゃ》、強そうな男を鬼瓦《おにがわら》、太った奴を関取《せきとり》とでも呼ぼう」

忠斎は言い、自分の比喩に満足したように笑うと、市之進も苦笑していた。

確かに、一人は役者のような良い顔立ちの男。もう一人は筋肉質で眉の太い、実に武芸の達者という感じ。そして残るは優しげで太った男だった。もちろん候補になったからには、それぞれ家柄はもとより、頭脳明晰《ずのうめいせき》なものたちであろう。

「わしも殿から値踏みを頼まれておる。お前は、千影を使って三人をよく調べてみてくれぬか」

「承知いたしました」

忠斎に言われ、玄馬は答えた。すると市之進も、彼に書き付けを渡した。

「実は、江戸にいる頃から、あの三人について調べたものがある。参考にしろ」

「有難うございます」

玄馬は礼を言い、書き付けを懐中に入れた。そして彼は能の二つめの演目が始まってからも、それとなく三人の様子に目を配っていた。姫もたまにそちらを気にしているようだが、何しろ距離もあるから、よく分からないだろう。

やがて能が終わって解散となってから、玄馬は千影を連れ、一人目の男、『役者』の部屋を訪ねてみた。三人とも、城内に部屋を与えられて滞在しているのだ。

「突然済みません。私は典医をしております、結城玄庵。少々お話を伺ってもよろしゅうございますか」

玄馬が千影を伴って言うと、

「どうぞ。江戸屋敷では結城市之進先生にお世話になっておりました」

彼、横山英助《えいすけ》は笑顔で言い、二人を通してくれた。月代《さかやき》が青々として目元が涼《すず》しい。確かに、近くで見ても良い男である。これが咲耶の隣に座れば、実に似合うだろう。

「では、お身体の方は特にどこも問題はないようですね」

「はい。優男《やさおとこ》に見えるようですが、これで頑丈に出来ております」

「ときに、選に洩れて江戸へ帰ることになっても大事ありませんか」

「あはは、もとより決めるのは私ではありませぬゆえ、一向に」

彼は爽《さわ》やかに笑ったが、叔父からの書き付けでは、その容貌だから江戸ではたいそう女たちに人気があり、女付き合いにしだらのないところがあるようだった。

「むしろ、華やかな江戸の方がお好きなのでは？」

「いいえ、どこであろうと藩命に従うのが名誉と心得ます。それに垣間見たところ、咲耶姫様のお美しさには目を奪われました。さすがは、コノハナサクヤ姫の再来と歌われた美貌」

口が達者で調子の良さそうな男だ。千影も、あまり好感を持っていない様子である。

「では、簡単な診察を行ないますが、形だけですので、助手の千影が致します。私は一足お先に」

玄馬は言い、先に彼の部屋を出て行った。

もちろん行った振りをして、そっと戻り襖の陰から様子を覗いた。

千影は、横山の目と口を診察し、袴を下ろして股間も診た。何しろ姫の婿候補である以上、花柳病にでもなっていないか調べるのは当然である。

横山は、若く美しい千影と二人きりになると、急に好色そうな眼差しになり、むしろ見せつけるように立派な長さの一物を突き出した。しかし千影も心得ているので、相手の邪《よこしま》な淫気を察しただけで、彼が勃起する前に診察を終えた。

さすがに横山も、千影に触れたり口説こうという行為には及ばなかった。

「では、失礼いたします」

千影が一礼して立ち上がると、その時わざと彼女はよろけ、畳に転んだ。

　しかし横山は冷ややかに見ているだけで、助け起こそうとはしない。むしろ彼の視線は裾のめくれた千影の脚に注がれていた。

「大丈夫ですか」

「は、はい。お騒がせしました。ではこれにて」

千影が彼の部屋を辞すと、途中で玄馬と合流した。

「駄目だな。あれは」

「はい。なまじ女の扱いに慣れているだけに、冷たいところがあります。婿となってからも、あちこちの女中に手を出すでしょう。姫様への愛情より、自身の名誉欲を大事にする気がいたします」

「うん。あいつなら陰戸ぐらい舐めてくれるかも知れないが、それで姫様がお幸せになるとは限らない。大切に扱うのは最初のうちだけだろう」

玄馬は言い、やがて二人は中庭に出た。

すると、そこで『鬼瓦』こと大河内義継《よしつぐ》が木剣を持ち、薙刀の篠と稽古をしていた。

篠も相当な使い手なのだろうが、やはり武芸自慢の男の敵ではなかった。

たちまち篠の薙刀が叩き落とされた。

「ま、参りました……」

篠が言うと、大河内は木剣を引き、

「やはり田舎で使い手を捜すのは無理でしょうかのう。どなたか、男の剣術自慢の方とお手合わせ願いたいのですが」

大河内は、不敵に笑みを浮かべながら言った。他に見物しているのは女中ばかりで、男はいない。もちろん小田浜にも剣の達者はいるが、家臣同士、ここで争っても何一つ良いことはなく、呼びに行くのも面倒だ。

「何なら私が」

千影が囁いた。玄馬は心配になった。素破とはいえ、千影がどれほど使うか知らないのである。

「勝てるか」

「あの程度なら、目をつむってでも」

千影は余裕の笑みを見せて言い、すぐに大河内の方へ近づいていった。

「何でしたら、私が御相手いたします。少々薙刀をやりますので」

「なに。ならばそなたに勝てば、どなたか男の方を呼んでいただけますかな」

大河内は、よほど自分の得意技をひけらかし、婿となるための点数を稼ぎたいようだった。そして若くて美しい千影に、好色な眼差しを向けた。

「はい。そのように致しますので」

千影は言い、篠の取り落とした木の薙刀を拾って構えた。

「何だ、その格好でか」

「構いませぬ。どうぞ」

大河内は、襷《たすき》もしない女中姿の千影に言ったが、彼女が悠然と薙刀を構えたので、自分も青眼《せいがん》に取り、じりじりと間合いを詰めてきた。

さして千影が殺気を放っているわけでもないだろうに、さすがに篠とは違うと思ったか大河内も慎重だった。しかし焦《じ》れたように、先に大河内が技を仕掛け、薙刀を払って打ち込んできた。

瞬間、払われた薙刀が素早く弧を描き、切っ先がぴたりと大河内の喉につけられた。

「む……！」

木剣を振りかぶったまま身動き取れなくなり、大河内が呻《うめ》いた。

「もう一本所望……」

大河内は木剣を下ろして構えを解き、数歩下がって再び対峙《たいじ》してきた。

今度は彼は上段を取り、大きな身体で威圧するように構えて迫った。

しかも間合いを詰めながら、いきなり彼は千影の足を払いながら打ち込んできたのである。そうでもしなければ勝てぬと思ったのだろう。

しかし、宙を舞った千影の薙刀が大河内の木剣を叩き落とし、びゅっと反転したその石突きが、軽くトンと彼の胸を突いたのだ。

「うわ……！」

痣《あざ》にもならぬ程度の軽い突きであったが、大河内は声を洩らし尻餅を突いた。

見ていた篠や女中たちはもとより、千影の強さを目《ま》の当たりにした玄馬も目を丸くしていた。

「う、うわははは！　やはり、おなご相手では本気になれぬわ」

大河内は鬼瓦のような顔を歪《ゆが》めて笑い、立ち上がりながら木剣を拾《ひろ》った。しかし、その木剣が、はらりと二つに折れたのを知り、今度こそ彼は青ざめた。

三

「あれも駄目だったな。負けを認めようともしない」

「はい。力でどうにでもなると思っている粗暴《そぼう》な輩《やから》ですね。名誉欲ばかりで、優しさのかけらもありません」

「江戸では、ろくなのを選んでこなかったな」

玄馬は言い、残る一人を捜した。でっぷりと太った、何とも無能そうな『関取』。名は立花伸吾《たちばなしんご》と言った。しかし城内を探しても姿が見当たらない。

「あ、もしやあれでは」

千影が言い、城内の外れにある石垣、その松の陰に立花の姿があった。

あんな人目につかぬところで何をしているのかと、二人は忍び足で近づいていった。

「まさか、厠の場所が分からなかったのではないだろうな」

玄馬は言ったが、どう見ても用足しではない。石垣に寄りかかって脚を投げ出し、ただ呆《ほう》けて空を眺めているように見える。

「いえ、あれは自分で……」

千影が言う。どうやら立花は、袴の中に手を突っ込んで、しきりに動かしているではないか。

「うわあ、あれも駄目だ。ただの莫迦ではないか」

「いえ、もう少し様子を」

玄馬を制して千影は言い、そっと一人で近づいていった。

玄馬は物陰から心配そうに様子を窺《うかが》ったが、まあ千影のことだ。いきなり襲われるようなこともないだろう。

すると立花は、千影が近づいたことも分からぬまま、

「う……！」

と小さく呻いて、ひくひくと全身を震わせた。どうやら達したらしい。

彼が少し余韻を味わい、呼吸を整える頃を見計らって千影が声をかけた。

「これをお使いくださいませ」

「うわう！」

立花は、いきなり出現した千影に奇声を発し、目を丸くして土の上に正座した。

「こ、これはお恥ずかしいところを……」

「さあ」

千影が言って懐紙を差し出すと、立花は恐縮しながら受け取り、袴の中に入れて腰を浮かせながらもぞもぞと精汁の処理をした。

「立花伸吾様ですね。私は御典医、結城玄庵様の手伝いをしている、千影と申します」

「左様でございますか。つい淫気の高まりに我を忘れ、人目につかぬところをと思って致したのですが、見られたとあっては一生の不覚。すぐにも帰参の用意を致しまする」

「なぜ帰参を」

「もとより、私は姫様に相応《ふさわ》しくない男でございますゆえ」

立花は神妙に言い、その大きな身体に悲しみをたたえた。

「淫気の高まりは、男なれば当然のこと。私は誰にも言いませぬ」

「いや、そればかりではない。私は何の取り柄もない男です。なぜ候補の一人に選ばれたかが不思議」

「それは、江戸家老様が人柄を見込んだからでしょう」

「かいかぶりです」

立花が言ったとき、千影は再びわざと松の根っこに足を取られて転びそうになった。

「あッ……！」

いち早く、立花が仰向けになったまま、ずざざっと土を滑り、千影を抱き留めた。その拍子に彼女は立花の顔を草履で踏んづけてしまったが、彼は一向に動ぜず、そっと抱き起こしてくれた。

「も、申し訳ありません。お顔を……」

「何の、お怪我がなくて良かった」

立花は笑い、顔の土を払いながら言った。

「おなごは全て神様でございますからな。それを守るのが男の役目」

「ならば、姫様の足の裏も舐められますか」

「むろん！　まだ女を知らぬ無垢ですが、足裏だろうと陰戸や尻だろうと舐めるのが当たり前。失礼ながら姫様でなくとも、一度惚れれば誰であろうとも、そういたします」

立花がそう言ったとき、玄馬は姿を現わした。

「合格！」

「うわう……！」

立花は素っ頓狂に目を丸くし、玄馬の顔をまじまじと見上げた。

「私は結城玄庵。これからすぐに姫様にお目通り願いたい」

玄馬は言った。間もなく姫の婿になる以上、相応の礼は取らなければならない。

「まず手を洗って、着替えて待機してください。半刻後に、部屋にお迎えに上がります」

玄馬は言い、とにかく三人で本丸へと戻った。立花は、まだ目を白黒させていた。

「いやあ、驚いた。まさか城内で手すさびに耽《ふけ》った男が一番良いとは」

立花を部屋に送り届けると、玄馬は千影に言った。

「はい。あの方ならば、姫様を大切にしてくださるでしょう。射精直後の脱力の中、あれだけ動けるのは本当に女を大事に思っているからです」

千影も異存はないようだった。

確かに、なまじ野心や名誉欲などない方が良いのかも知れない。小田浜は代々、喜多岡家の善政でうまくいっているのだ。変に政治力を発揮されて混乱しても困るし、姫の婿ならばおっとりして優しい男に越したことはないのだ。

だが、あまりに咲耶と立花がうまくゆきすぎると、玄馬は自分の出番がないのでは、と少し心配になってしまった。姫が適度に欲求不満でいれば、たまには玄馬も舐めることが出来るのだが、立花はしっかりと姫を喜ばせてしまうだろう。

まあ、忠義の点から思えば、それは玄馬が我慢するしかないのである。

やがて身支度を調えた立花とともに、玄馬と千影は、まず市之進と忠斎に彼を引き合わせた。

忠斎は、これで良いのか、と言う表情を一瞬浮かべたが、江戸屋敷の頃から知っている市之進は小さく頷いただけだった。

さらには国家老に言上し、正興に伝えてもらうと、姫さえ承知なら良いという返事が来て、いよいよ立花と咲耶の対面となった。

立花は緊張し、相当に身震いしていた。

「良い。面《おもて》を上げよ」

家老に言われて、立花は恐る恐る顔を上げた。咲耶は、正面からじっと彼を見つめている。様々な思い、中には、玄馬のように気持ち良くしてくれるだろうかという淫らなものも混じっていることだろう。

「立花伸吾にございます」

「大きな身体よの。目方はいかほど」

「は、二十四、五貫（九十キログラム強）ほど……」

「玄庵どの。この人に決めて間違いはありませぬか」

姫は、遠慮なく玄馬に訊いてきた。

「はい。間違いございませぬ」

「ならば、決める」

咲耶のその一言で、全てが決定した。すぐに姫は奥へ下がり、国家老ほか重臣たちは大わらわで挙式の準備に取りかかった。立花も、すぐ江戸の親に知らせなければならないだろう。

姫の部屋から下がりながらも、立花は何度かよろけて転びそうになるほど緊張し膝を震わせていた。

「よ、よもや私になろうとは……」

「人柄です。どうかお気持ちを大きく」

玄馬と千影は彼を両側から支えて言い、再び部屋まで送っていった。

「よいですか。姫様の足も陰戸も、全てお舐め遊ばすように。気後れせずに、それだけ約束して頂きますぞ」

玄馬は念を押し、やがて千影と二人で彼の部屋を辞した。

すると中庭で、「役者」と「鬼瓦」が木刀で対峙しているではないか。

「いいからかかってこい」

「い、いや、ここで勝負などする理由が……」

鬼瓦こと大河内が言うと、役者こと横山は尻込みしていた。

「いいや、理由はある。どうせ立花などという木偶《でく》の坊が選ばれるはずはない。我ら二人に一人だ。この勝負で、負けた方は江戸へ帰ることにしようではないか」

大河内の言葉に、玄馬と千影は割って入った。

「何の騒ぎです。何なら、また千影に相手をさせましょうか」

言うと、大河内はうろたえた。

「い、いや、これは江戸屋敷のもの同士の話し合いで……」

「話は聞き申した。ついさっき、姫様の婿殿は立花殿に決定した。お二人とも、早々に江戸へ帰るお支度をなされい」

「な、なんと……！」

玄馬の言葉に、大河内は目を真ん丸に見開いて絶句した。横山も驚いたようだが、江戸へ帰れるのが嬉しいか、さして落胆の様子は見せなかった。

そして数日のうちに、咲耶姫の挙式が行なわれたのである。

四

「いかがですか。婿殿との生活は」

朝の検診で、玄馬は咲耶に訊いてみた。挙式から数日、何ひとつ変わらず、ただ姫が婿と寝所をともにし、玄馬の五日おきの訪問がなくなっただけであった。

もちろん玄馬は、相変わらず篠の部屋だけは訪ね、その日だけは宿直ということにして城内に泊まり込んだ。

「優しく、大切に扱ってくれます」

姫は言い、そこで侍女や助手の千影を外に出し、玄馬と二人きりになった。

「しかし、交接とは、かほどに痛いものなのですか……」

姫が、顔を寄せて囁いてくる。

「はい。慣れるまでには、今しばらくかかるかと。しかし、入れる前には充分に濡らして頂いておりましょう」

「それは無論のこと。だが回数が多いので辛いのです」

「なんと……」

玄馬は驚いた。立花、いや、今は婿殿の伸吾は、主君の姫君という気後れや緊張を乗り越え、湧き上がる精力を全て姫に注ぎ込んでいるようだ。姫の話では一晩に二、三回ということだから、それだけ姫が挿入に慣れるのも早いだろうが、体重差があるから負担も大きいかも知れない。

「ならば、挿入を一度にし、まだ婿殿の力が余っているようならば」

「どのようにすれば良いのです」

「婿殿に舐められているように、姫様も、お口でして差し上げるとよろしいかと」

「なに」

姫は目を丸くした。

考えてみれば、男は射精すれば気が済むのだ。三度が三度、挿入によるものでなくても構わず、残りが指や口で行なっても問題はないだろう。またその方が新鮮な悦びが湧き、彼もまた姫の負担を減らそうという気になるに違いない。

「口で、どのように行なうのですか」

「精汁を放つまで、舐めたり吸ったりするのです。済んだら、懐紙に吐き出して構いませんので」

玄馬も声を潜《ひそ》めて言いながら、むくむくと勃起してきてしまった。この可憐な咲耶の小さな口が、あの大男の一物をくわえるという想像だけで胸が弾んだ。

「試してみたい。玄庵どののものを」

「え……？」

咲耶に言われ、玄馬は驚いた。彼女も伸吾を好いており、愛情を抱きはじめているが、やはり初めてのこととなると、玄馬を頼りにしているのだろう。

「し、しかし、ここでは……」

「大丈夫。誰も入っては来ません。さあ」

咲耶は、朝からすっかり淫気と好奇心を高めて迫っていた。いかに婿が来ようとも、最初に触れてもらった男はまた格別なのだろうか。

まあ、外には千影がいるから中の様子を察し、誰も入らぬようにはしてくれるだろう。

玄馬も、激しく欲情していたので、とうとう手早く袴を下ろして裾を捲り、下帯を解いて勃起した肉棒を露出させてしまった。

「大きい……」

姫が言う。してみると伸吾は、大男の割に一物は普通以下なのかも知れなかった。

「どのようにすれば良いのです」

「は、では失礼ながら」

玄馬は、時間もないので姫の傍らに仰向けになり、天を衝く肉棒を晒した。

「まずまんべんなくお舐め頂き、しかるのち歯を当てずに含むのです」

もとより姫の診察前には身を清めてあるので、玄馬も遠慮なく言った。

姫は屈み込み、熱い息を彼の股間に籠もらせながら、舌で先端に触れてきた。

「ああ……」

玄馬は、禁断の快感に喘いだ。

とうとう、姫の陰戸を舐めるどころか、畏れ多くも一物をしゃぶってもらうことになってしまったのだ。

姫は丸く口を開き、張り切った亀頭を頬張った。そして温かな口の中へ、喉の奥まで呑み込んでいった。たまに軽く歯が触れるが、それがかえって新鮮な感覚で、大きく口を開いているので、たちまち溢れた唾液に一物全体が温かく浸った。

「ああ……」

玄馬は激しい快感に喘ぎ、姫君の口の中でひくひくと幹を上下に震わせた。

「中で舌を動かし、たまに強く吸いながら引き抜くのです……」

「ん……」

姫は含んだまま頷き、内部でちろちろと滑らかに舌を蠢《うごめ》かせてきた。その柔らかな感触の心地よいこと。しかも彼女はいわれたとおり、上気した頬をすぼめてちゅーっと吸いながら引き抜いてきた。

小さな口が、張り出した雁首でいったん停まり、さらに亀頭を吸い上げてからすぽんと軽やかな音を立てて口が離れた。

「できましたら、ふぐりの方も……」

「ここか……」

姫はためらいなく、緊張と興奮に縮《ちぢ》こまっている袋にも舌を這わせ、一つずつ睾丸に吸い付き、舌で転がしてきた。

「そこは急所でございますゆえ、あまりお力は入れぬように……」

玄馬は股間に熱く清らかな息を感じ、妖しい快感に包まれながら、やがて再び亀頭をしゃぶってもらった。

「男の気が高まれば、あとは顔をこのように上下に……」

玄馬は言いながら彼女の髪にそっと手を触れ、顔全体を上下させはじめた。姫も心得、すぽすぽと唾液に濡れた口で調子よく摩擦運動を開始してくれた。

何という快感であろう。相手は雲の上の姫君なのだ。

もちろん姫の負担を軽くするため、射精を我慢することはない。玄馬は申し訳ない気持ちを混じらせたまま、とうとう絶頂に達してしまった。

「あう……、出ます……。全て出し切るまで動きを止めませぬよう……」

玄馬は言いつつ、同時に夢のような快感に包み込まれ、熱い大量の精汁をどくんどくんと思い切り姫君の口腔にほとばしらせてしまった。

「ンン……」

喉を直撃されながら姫は呻き、それでも咳き込まぬよう注意しながら噴出を受け止めてくれた。そして言われたとおり、最後の一滴が絞り尽くされるまで、吸引と舌の動きを止めなかった。

やがて玄馬は全身の硬直を解き、ぐったりと力を抜いて余韻に浸った。

すると、一物を含んだままの姫の喉が、ごくりと鳴ったのだ。

「あ……、い、いけません……」

玄馬は慌てて言ったが、姫は構わず一滴余さず飲み込んでしまい、なおも濡れた鈴口をぺろぺろと舐め回してくれたのだ。

「ああ……、姫様……」

玄馬は感激に身を震わせ、射精直後で過敏になった亀頭をひくひくと震わせた。

「人から出るものだから毒ではないでしょう。飲んでも大事ありますまい」

ようやく姫が顔を上げて言った。

「そ、それは御意にございます。婿殿にも、そうして差し上げればこの上なく喜ばれますでしょう……」

玄馬は言い、ようやく気を奮い立たせて起き上がり、手早く身繕いをした。

しかし姫の方は、さらなる淫気を高め、すっかり熱っぽい眼差しになっている。

「夜まで待てませぬ……」

「い、いえ、そろそろ私も戻りませぬと……」

「入れてもらうのも、玄庵どのに試してもらいたい」

「そ、そればかりは……」

姫の言葉に、玄馬は平伏して後ずさった。もちろん交接したい気持ちは誰よりも絶大にある。たったいま口に出したばかりとはいえ、許されるものなら今すぐにでも実行できるだろう。

どうやら姫も、正規の交接に慣れつつあり、他の男はどんなものか、特に最初に触れてもらった玄庵との情交に好奇心を抱きはじめているようだった。

かつて虚弱だった姫の身体は、男を知ってから急激に艶めき、肌の張りも良く、実に健康的な色香を放ちはじめていた。

「そう、今が無理ならば、こうしましょう。近日中に、気分が優れぬと言って伸吾殿との交接を断わりますので、その夜に診察に来て頂きたいと存じます」

姫が言う。

「まあ、そこまでなさらなくとも、婿殿だってそうそう毎晩数回という交接が続くわけもありません。そのうち一日空き二日空き、となりますので、そうした折にでも考えさせてくださいませ」

「やがて、しない夜もくるということですか。それは、飽きるからなのですか」

「いいえ、そうではなく、毎晩の情交をしなくても、やがて夫婦の情愛が通じ合う時期が来ると言うことでございます」

「左様ですか。わかりました。でも、いずれするということを約束してくださいましね」

姫に言われ、玄馬は曖昧《あいまい》に頷きながら、辞儀をして部屋を下がっていった。

姫の口に放出してしまった感激と、大それたことをした思いに、廊下を歩む足も雲を踏むように頼りなかった。

やがて玄馬は城内で解体新書を読みながら、夕刻まで待機して過ごした。解体新書の全五巻は、読み終えるごとに市之進を通じ、町医者にも回覧していた。

そして勤めを終えると、玄馬は城下にある自宅へと戻った。

五

（姫様まで飲んでくださったというのに、わが妻がしゃぶってくれないのは一体どういうことだ……！）

夜半、玄馬はせんの寝顔を見ながら思った。

せんは、咲耶と違い毎晩の情交などとても受け入れて貰えず、せいぜい三日か四日に一度、しかも相変わらず子を成すためだけの作業であるから、いきなり交接して放つだけの行為しかさせてくれなかった。

無理矢理行なえば、江戸へ帰るとか言い出しかねないし、情交のこと以外、妻としての勤めは万事滞《とどこお》りなく果たしてくれているのだから、何かあれば玄馬が悪いと言うことになってしまう。

今日も、せんに触れぬまま三日が過ぎていた。

こんな妻でも、悔しいが淫欲は湧く。これほど悶々とし、帰宅しても何も出来ないものなら、宿直と称して千影を抱けば良かったと後悔した。

(寝入りばなだから、乱暴にしなければ目を覚ますことはないだろう……)

玄馬は思い、それでこうして彼女の寝室に入ってきてしまったのだ。よもや目が覚めても、愛しさのあまりと言えば怒りはしないだろう。

そっと唇を重ねると、柔らかな弾力とともに、ほんのり甘酸っぱい匂いがした。もう一緒になって間もない頃のように、薄荷の口中清涼剤など使っていないから、年齢相応のかぐわしい匂いがしていた。

舌を差し入れたが、滑らかな歯並びは一向に開かない。

玄馬は身を起こし、激しく勃起した一物を構えて腰を進め、さんざん舐めて唾液に濡れた彼女の唇に、そっと先端を押し当てた。

何やら、比べるのも畏れ多いが、姫君に舐めてもらったと同じぐらいの興奮と後ろめたさが湧いた。

(自分の妻に、何をやっているのだ……)

そうは思うが、初めて触れる唇の感触は彼を激しく高まらせた。

しかし何度かこすりつけただけで腰を引き、次には彼女の足の方へと回っていった。素足に迫り、そっと足裏に顔を押し当てながら、指の股に鼻を密着させた。ほのかな、汗と脂に湿った匂いが感じられ、その刺激が股間に伝わっていった。

玄馬は両方の爪先をしゃぶり、徐々に両脚の間に顔を潜り込ませていった。

「う……、んん……」

せんが小さく呻くと動きを止め、寝息が鎮まるのを待って再び前進した。

やがて腰巻きをめくって両膝の間に割り込み、ようやく股間にたどり着いた。

鼻を埋めると、柔らかな茂みの隅々には、ふっくらとした温かく悩ましい匂いが染みついていた。

(これが妻の匂いか……)

と、奇妙な感動を覚えながら玄馬は舌を伸ばした。

はみ出した陰唇は柔らかく、内側もうっすらと湿っていた。挿入だけの行為とはいえ、それさえ回を重ねるうち、せんも快感らしきものには目覚めつつあるだろう。

舌先で、小さなオサネを舐め上げると、

「あ……」

彼女が小さく声を洩らし、むっちりと滑らかな内腿をびくりと震わせた。

眠っていても感じるのだろう。こんなに感じるくせに、なぜ覚めているときに舐めさせないのだと腹が立ったが、今は淫気の方が優先だ。

玄馬は彼女が目を覚まさないよう、間隔を開けてオサネを舐めた。いつの間にか、割れ目内部には彼の唾液ばかりではない熱いぬらぬらが満ちてきた。

（そおれみろ。ちゃんと濡れるように出来ているではないか。濡れれば、毎回痛みを堪えずとも、互いに気持ち良く情交できるのに……！）

玄馬は毒づきながら、溢《あふ》れた蜜汁をすすった。それは紛《まぎ》れもなく、淡い酸味を混じらせた淫水だった。

「ああ……」

せんは熱く喘ぎながら、それ以上の刺激を拒むように、ゆっくりと寝返りを打った。

顔を離して様子を窺うと、彼女は横向きになり、上になった脚を折り曲げ、腹の方に膝を寄せた。その結果、夜目にも白くむっちりとした尻を突き出す形となったのだ。

玄馬は、彼女の寝息が平静に戻ると、今度は豊かな双丘に顔を埋め込んだ。

指でぐいっと谷間を広げると、可憐な桃色の肛門が月明かりに見え、鼻を押し当てると秘めやかな匂いが感じられた。

その微香の刺激を受けると、玄馬の胸に言いようのない愛《いと》しさが湧き上がった。

どんなに気位が高くても、ここは姫君も素破も、みな似たような匂いなのだ。

玄馬は初めて妻の生々しい匂いに触れ、肛門を舐め回した。

ここは、オサネほど感じないのか、せんの反応はなかった。

それでも尻への違和感は覚えるのだろう。しばらくすると、再び彼女は身じろいで仰向けに戻った。

玄馬は、もう一度淫水の溢れた割れ目を舐めてから身を起こした。

これほど濡れているのだから、どうにも挿入したかった。当然目を覚ますだろうが、挿入は前から行なっているし、濡れたときに入れれば、その快感に目覚めるかも知れない。

彼は後のことを考えず、目の前の淫気に没頭した。

先端を割れ目に押し当て、位置を定めて一気に貫いた。熱く濡れた柔肉が、普段の何倍もの快感をもたらしながら、ぬるぬるっと根元まで呑み込んでくれた。

襞の摩擦が心地よく、玄馬は今初めて妻と一つになった気がした。

そして彼が根元まで押し込み、上から身を重ねていくと、

「あッ……！　な、何をなさいます……！」

さすがにせんも、ぱっちりと目を開け、声を震わせて言った。

「済まぬ。あまりに愛しかったゆえ交接してしまった」

囁きながら、ずんずんと腰を前後に突き動かしはじめた。

「ア……！」

せんが顔をのけぞらせ、思わず両手でしがみついてきた。

玄馬が勝ち誇ったように律動を続けると、初めて、互いの接点からぴちゃくちゃと淫らに湿った音も響きはじめた。

「ああ……、い、いったい何をなさったのです……、私に……」

せんは口走ったが、まだ朦朧《もうろう》としているようだ。

玄馬は動きながら屈み込み、彼女の胸元を左右に開き、乳首にもちゅっと吸い付いた。

「アアッ……！　駄目……」

せんがしきりに嫌々をしながら喘いだ。

甘ったるい肌の匂いが馥郁《ふくいく》と立ち昇り、玄馬は急激に高まってきた。

左右の乳首を交互に含んで吸い、舌で転がしてから、絶頂を目指して股間をぶつけ続けた。するといつしか、せんも下から股間を突き上げはじめていた。やはり無意識に、今までの挿入によって性感は開発されつつあったのだろう。

「ああ、いく……！」

玄馬は口走り、絶頂とともにせんに唇を重ねた。

「ンンッ……！」

彼女は甘酸っぱい息を弾ませながらも、やはりかっちりと前歯を閉ざしていた。

「どうか、舌を……」

囁くと、せんも観念したようにちろりと舌を伸ばしてきた。それを舐めながら、玄馬は快感の中、ありったけの熱い精汁を内部にほとばしらせた。

「ああ……、熱い……、旦那様……！」

せんがしがみつきながら言い、きゅっときつく締め付けてきた。

玄馬は、初めて大きな悦びとともに快感を味わい、心おきなく最後の一滴まで放出し尽くした。

ようやく動きを止め、玄馬はぐったりと体重を預けながら余韻に浸った。

せんも手足を投げ出し、放心したように荒い呼吸を繰り返すばかりとなった。

「どうだ。気持ち良かっただろう」

「そ、存じません……」

徐々に呼吸を整えながら、せんが言い、両手を突っ張り彼の身体を突き放してきた。

仕方なく股間を引き離し、玄馬は満足と脱力感の中で添い寝した。

しかし彼女は、ごろりと背を向けた。

「眠っている間に、妻を犯したのですね……」

「おいおい、そなたも良かったであろう。濡れていることが自分でも分かるだろうに」

「いじったのですか……」

「ああ、舐めもした。夫婦なのだからな」

「何と、獣《けもの》のようなことを。浅ましい……」

背を向けたまま、せんがすすり泣きながら言った。

どうやら、感じてしがみつき、身も心も一つになったと思ったのは錯覚だったようだ。

激情が覚めてくるにつれ、普段の自分に戻っていったのだろう。

「今度このようなことがあれば、喉を突いて死にます……」

「あ、いや、悪かった。もう勝手にするようなことはしない」

「一人にさせてくださいませ……」

「わかったよ」

玄馬は答え、もそもそと自分の股間の処理だけし、彼は下帯を丸めて握りながら自分の部屋へと戻っていった……。


——翌朝、せんの様子は普段と全く変わりなかった。

朝餉の支度をし、玄馬が終えると自分は厨《くりや》で黙々と食事を済ませ、着替えを手伝い玄関へ見送りに出た。

「では、いってらっしゃいませ。お気をつけてお勤めを」

「ああ」

玄馬は何か言いたかったが、そのまませんをあとに城内へと出仕した。

第五章　柔肌三昧《ざんまい》の日々

一

「どうにも幸せいっぱいなのですが、姫様がお疲れのご様子で心配です」

ある日のこと、玄馬は姫の婿、伸吾から相談を受けた。

やはり伸吾も、家臣から急激に姫君の婿という立場に昇り詰め、緊張や戸惑いもまだまだ多いようだった。そして相談相手は同じ年格好で、最初から世話になった玄馬なのである。

「ええ、姫君も検診のとき、少々お疲れのようでした」

玄馬は、礼を失しない程度に気さくに答えた。二人きりで、他に誰もいない。

「江戸では、どれぐらいの回数の手すさびを？」

玄馬は、いきなり本題に入って訊いた。

「はあ、日に二度三度は当たり前。淫気が高まると、何も手につかなくなります。時には四半刻（三十分ほど）の間に五回の射出という無茶なことも」

「ははあ、それはすごい」

玄馬は驚いた。もともと彼は、相当な精力の持ち主のようだ。

毎晩姫と何度となく情交をしていても、相変わらず伸吾は色白ででっぷりと太り、立場に驕《おご》ることなく穏やかな表情をしていた。

「では、女に触れたのは全く姫様が最初と言うことで？」

「はい。むろん美女を思ったり、遠くから眺めて手すさびしたことはありますし、玄庵様だけにお話しするのですが、厠《かわや》や湯殿の覗《のぞ》き、腰巻きを失敬して嗅ぎながら行なったことも何度か」

言われて、思わず玄馬は襖《ふすま》の向こうを気にしたほどだった。それほど、他聞を憚《はばか》る内容を彼はさらりと言ってのけたのだ。まあ、それだけ彼は玄馬を唯一の知己として、あるいは医師として信頼しているのだろう。

「なるほど。で、今もそうした衝動に？」

「いいえ。今は姫様以外の女に心を傾ける気はございません。実に、私の要求に応じて、良くしてくださっております。情交の回数が多く、お体に負担を与えてしまったかと反省していた折、姫君の方からお口でして頂いたときには、もう、この方のために死んでも良いとさえ思いました」

「そうでしょう。して、お口に出してのちは？」

「何とも驚いたことですが、お飲みくださいました」

伸吾は、感激に目を潤《うる》ませて熱く語った。

してみると姫は、元々そうした行為に抵抗は抱かなかったらしい。淫法を得意とする、姥山の血を引いた証《あかし》が、ここにもあるようだった。

しかし伸吾は、先に玄馬が姫に精汁を飲んでもらったことなど夢にも思わないだろう。

「ときに、ご相談があるのですが」

伸吾が身を乗り出して言った。

「なにか」

「玄庵どのは、検診のため、女のゆばりを舐めたことがございますか」

「そ、それはありますとも」

「器に出したものですか。それとも直接に」

「両方体験しております」

「わあ、いいなあ！」

伸吾は言い、心底から羨《うらや》ましい顔つきになった。

「江戸屋敷で、見つかるかも知れぬという恐れを抱きながら、こっそり厠を覗きつつ、どうにも美女から出たものを我が身に浴びたい、口にも受けて味わいたい、という思いに取り憑《つ》かれております。これは痴《し》れ者の所業、心の病でしょうか」

「いや、そのようなことは決して」

「でも、玄庵どのは検診のため、仕方なく行なうのでしょう」

「美女のものは、好きで行ないます。男は誰しも、美しい女から出るゆばりを浴びたり飲んだりしたいという思いを抱いております」

「そうでしょうか！」

　伸吾は言いながらも、わが意を得たりという表情になった。

「そうです。女のゆばりを飲みたくないなどという男がもしもいたならば、それは女を愛することの出来ぬ可哀想な生き物です。未熟ゆえ、男と同じものが出ると思っているだけの、それこそ痴れ者です」

「そうですよね！」

「はい。男と女から出るものは、たとえ同じものを飲食していようとも、同じであって同じではない。女から出るものは、神秘なる妙薬、長寿の薬でもあります」

「では、姫様に求めても構わないでしょうか」

「咲耶姫ほどのお美しい方のものならば、頂きたいと思って当然。だが、それは決して外部に洩れてはならぬ秘事になりましょう」

「求めても、よろしいのですね！」

「すぐには無理です。また場所も問題でしょう。湯殿では、誰かに知られる恐れがあるし御用場（厠）というわけにもいかない。やはり寝所にて、こぼさぬよう万全の準備をするべきでしょうね」

「確かに。飲んだことがなければ、こぼさず飲み干せるという自信もありませんから」

どうやら、大変な展開になってきた。

「そして一番の問題は姫様のお気持ち。器に入れたものなら年中私が頂いておりますが、直接となると抵抗やためらいも生じましょう」

「はい」

「お疲れが取れるまで、少しの間情交を控えて頂きますので、その間にでも、姫君にお目通りをし、婿殿の求めは正当なる愛情からである、ということをそれとなくお話ししておきましょう」

「わあ、心から忝《かたじけ》なく思います」

「ですから、数日間は手すさびにてご辛抱を」

玄馬は言い、仲吾の部屋を辞した。

そしてその夜、すぐにも玄馬は姫からの呼び出しを受けた。どうやら仲吾はおとなしく自分の部屋で眠り、久々に姫も寝所で手足を伸ばしていた。

もちろん侍女の篠も千影とともに部屋から出て、次の間で待機していた。

「会いたかった」

姫が彼の手を握って引き寄せた。

「毎朝お目にかかっております」

「いいえ、人目も時間も気にせず会うのは、本当にしばらくぶりです」

「確かにそうですね。ときに昼間、仲吾様と会い、色々お話しいたしました。姫様との生活をとても喜んでおられますが、数日間は姫様静養のため我慢をと伝えました」

「そうですか。他には何か？」

「はい。実は、婿殿は姫様のゆばりを飲んでみたいと、かように申されました」

「え……？」

あっさり本題に入ると、姫は意味が分からずに小首をかしげた。

「それは、まさか言葉通りの意味ですか……？」

「そうです。むろん婿殿に妙な癖《へき》があるわけではなく、男なら自然に抱く欲求なのです。

私も、そう思います」

「ゆばりなら、毎朝器に」

「あれは健康状態を調べるためのもの、色や匂い、味も見ますが淫気で行なっているわけではありません。やはり直接口に注がれるものが頂きたいのです」

「とても、真っ当な気持ちのものとは思われませぬが……」

姫は、僅《わず》かに不快の意を表わしたが、それ以上に好奇心に目が輝くのを玄馬は見て取っていた。

「姫様のように美しい方だけに感じる、男の正直な気持ちです」

「玄庵も、私のそれが欲しい……？」

「はい。ご無理にとは申しませぬが、いずれ婿殿も求められるでしょうから、出来るかどうか今ここで試して頂ければ幸いかと」

玄馬は、激しく胸を高鳴らせながら言った。

「そう。そなたに、まずしてみる分には……」

姫は、すぐに答えた。

もとより姫も、最初から今夜は玄馬と情交し、初めて結ばれるという覚悟でいるから、その前に少し顔を跨ぐ程度と思ったようだ。

「よろしゅうございますか」

「いいでしょう。その代わり、出るとは限りません。それから、うんと私を気持ち良くさせて」

姫は言い、寝巻きを脱ぎはじめた。

玄馬も手早く着物を脱いだ。すでに身は清めてある。

やがて互いに一糸まとわぬ姿になると、姫は彼を布団に仰向けになるよう命じた。

「よいですか。玄庵の言うことを聞くので、先に私が好きなように致します」

姫は言い、何と上からぴったりと唇を重ねてきた。

「う……！」

玄馬は、姫の唐突な行為に驚いて呻いた。

柔らかく、ほんのり濡れた唇が密着し、清らかな甘い息の匂いが鼻腔を刺激してくる。

そしてすぐにも舌がぬるっと潜り込み、受け入れた玄馬の口の中をぬらぬらと舐め回してきたのだ。

しかも彼女は、ことさらに温かな唾液を大量に、とろとろと口移しに注ぎ込んでくるのである。おそらくこれは、伸吾の要求に応えながら、それがいつしか習慣になったものなのだろう。

ゆばりを飲みたがる伸吾なら、唾液を飲みたがるのも当然であり、姫には年中注いでくれとせがみ、彼女もそれが口吸いの時の当然の行為と思い込んでいるようだった。

もちろん玄馬も心地よく受け入れ、とろりとして生温《なまあたた》かな粘液を、じっくり味わってから飲み込んだ。

そして激しく舌をからめ、玄馬は雲の上の姫君の柔らかな感触と、甘い唾液と吐息を心ゆくまで味わったのだった。

やがて姫は口を離し、彼の顔に乳房を押しつけてきた。

二

「吸って……、優しく……」

姫が囁き、玄馬は可憐な薄桃色の乳首を含み、そっと吸い付いた。

ふんわりと白い肌が甘く香り、玄馬が舌で転がすうち、姫は次第にぐいぐいと膨らみ全体を彼の顔に密着させてきた。

「ああ……、いい気持ち……、もっと……」

姫は息を弾ませて言い、玄馬も、もう片方の乳首にも吸い付いて念入りに愛撫した。

そのまま玄馬は彼女の身体をさらに引き寄せた。姫も自分から伸び上がるようにして、とうとう彼の顔に跨《またが》ってきた。

玄馬は姫の腰を抱え、厠に入った形を真下から眺めながら激しい興奮に包まれた。

滑らかな内腿は白絹のような肌触りで、ぷっくりと膨らんだ割れ目からは、綺麗な桃色の花びらが覗いている。仰向けになった姫の割れ目を舐めるときとは、やはり違った趣《おもむき》だった。

姫が、恐る恐る彼の顔に股間を密着させてくる。

鼻をくすぐる柔らかな茂みからは、すっかり馴染んだ馥郁《ふくいく》たる体臭、汗と尿の混じった悩ましい匂いが漂っていた。しかし馴染んでいたのは彼女が生娘の頃。今は男を知った大人の女である。

舌を差し入れると、陰唇の内側は熱くぬるぬるして、すでにたっぷりと淫水が溢れていた。玄馬は溢れて舌を伝い流れてくる淫水をすすり、オサネを舐め上げた。

「あん……」

姫が小さく声を洩らし、ぎゅっと彼の顔に座り込んでしまった。玄馬は、さらに潜り込んで姫の肛門を舐め、前と後ろの味と匂いを堪能した。

そして再び割れ目を舐めまわしてから、

「姫様。どうかお好きなときにお出しくださいませ……」

玄馬は真下から言った。

姫は感じながらも、きゅっと下腹に力を入れはじめた。さすがに姫とはいえ、家臣の口に出して良いことかどうかの分別はあるだろうが、たってと望まれていることなのだ。

それに淫気が満ちているときだから、いけない行為への好奇心もあるだろう。

玄馬は、彼女が出そうと努力してくれていることに激しい感動と悦びを覚えた。

あまり舐めていると集中できないだろうから舌を引っ込め、陰唇の中で迫り出すように蠢く柔肉を眺めた。

姫は大きく息を吸い込んでは止め、尿意を高めているようだが、出ずに息を吐き、それを何度か繰り返した。

しかしそのうち、とうとう尿口がゆるんできたようだった。

「あ……」

姫は警告を発するように小さく声を洩《も》らし、間もなく割れ目内部からちょろっと水流がほとばしってきた。玄馬は口に受け止め、温かな流れを飲み込んだ。すぐに勢いが増したので、味わう暇もなく飲み続けないと床を濡らしてしまう。

それに拡散して周囲に伝う場合があるので、玄馬は直接割れ目に口を押しつけた。

しかし量も勢いも、それほど激しいことはなく、すぐに流れは弱まってきた。

そうなると、味と匂いを堪能する余裕が生じ、玄馬は柔肉に舌を這わせながら余りをすすった。

「ああン……！」

姫は、ぷるんと下腹を震わせて可愛らしい声を上げた。

すっかり流れは治まり、玄馬は姫の淡い匂いと味を堪能した。やはり雲上人の出したものは上品でかぐわしく、実に美味なものだと言うことを知った。

もちろん舐めているうち、たちまち淡い酸味混じりの淫水と、ぬらぬらする潤いが割れ目内部に満ちていった。

やがて姫は、小さな絶頂の波を迎えたように肌を震わせ、びくっと彼の顔から股間を引き離してしまった。そして彼の傍らに横座りになり、はあはあと荒い呼吸を繰り返した。

「いかがです。婿殿にも出して差し上げられそうですか」

「ええ……、おそらく……。でも、このようなことを普通に行なって良いものなのでしょうか……」

姫は、通常の情交とは一味違った行為に、まだ戦《おのの》くように息を震わせていた。

「ええ、男と女の欲求は、人それぞれです。どの夫婦にも、他の人にはない部分を持っているものですから、二人が良ければ、それでよろしいかと存じます」

玄馬は言い、姫の残り香に酔いしれていた。

そして、いつまでも寝ていては失礼と思い起き上がろうとしたが、先に姫が彼の股間に屈み込み、屹立した肉棒にしゃぶりついてきたのだ。

「あ……、姫様……」

「玄庵。最後までして……」

姫は口を離し、熱く興奮した眼差しで囁いた。

「し、しかし……」

「良いのです。では、このままじっとしていて。私が勝手に致します」

姫は、もう一度亀頭を含んで、たっぷりと唾液をまつわりつかせた。そして身を起こすと、そのまま彼の股間に跨ってきたのである。

あるいは、これが姫と伸吾の交接の仕方なのかも知れない。太った伸吾が常に上では姫の負担が大きくなる。しかも、あの突き出た腹での本手（正常位）は、かなり無理も生じるだろう。それで、伸吾が仰向けになり、軽くて小さな姫が跨る方が楽に出来るため、いつしかこの体位が定着したものと思われた。

その証拠に、姫は慣れた感じで幹に指を添え、先端を自らの陰戸にあてがってきた。

位置を定めると、姫はゆっくりと腰を沈めて座り込み、ぬるぬるっと肉棒を受け入れていった。

「ああ……、奥深くまで、当たります……」

姫が、顔をのけぞらせて喘ぎ、互いの股間をぴったりと密着させた。

玄馬も根元まで呑み込まれ、きゅっと締め付けられながら、その快感に息を詰めた。

さすがに狭く、締まりも最高だった。中は熱く、柔襞の摩擦も実に心地よかった。

姫も、痛がるどころか、すっかり喜悦の表情を浮かべている。

どうやら伸吾との交接を繰り返し、徐々に女の悦びが開発され、さらに一物の長い玄馬によって完成しようとしているようだった。

姫は、自分から腰を動かしはじめた。まだ上体を起こしたまま、彼の胸に両手を突いて股間を上下させ、ときにはぐりぐりと円を描くように押しつけながら動かした。

玄馬も、その快感に高まり、下から股間を突き上げはじめた。

「アア……、いい気持ち……」

姫が口走り、上体を倒して身を重ねてきた。

玄馬も抱き留め、次第に勢いを付けて腰を動かした。淫水が大量に溢れて彼の内腿を濡らし、玄馬は急激に高まってきた。

とうとう姫君と最後の一線を越え、何もかもしてしまったのだ。

その感激と禁断の興奮が、玄馬の絶頂を早めた。

「い、いく……！」

玄馬は声を洩らし、激しく股間を突き上げながら昇り詰めてしまった。同時に、ありったけの熱い精汁が勢いよく姫の内部にほとばしった。

「アア……、す、すごい……、こんな気持ち、初めて……！」

精汁の噴出を受け、姫もがくがくと全身を波打たせながら口走った。どうやらオサネを舐められての絶頂ではなく、本格的に交接で気を遣ったようだった。

「か、身体が、溶けてしまいそう……！」

姫が声を絞りながら、膣内を収縮させ続けた。

玄馬は最後の一滴まで、夢のような快感の中で放出し尽くし、ようやく動きを止めた。

姫も、ぐったりと全身の硬直を解いて彼にのしかかり、精根尽き果てたように彼の耳元で熱い呼吸を繰り返した。

玄馬は姫の温もりに包まれ、甘い吐息を間近に感じながら、うっとりと快感の余韻に浸り込んだ。

「これが、本当の情交だったのですね……」

荒い息とともに、姫が囁いた。その口調には、初めて得た悦びによる感動が含まれているようだった。

「何もかも、最初は玄庵に教わらないと駄目なのですね……」

「いいえ、回を重ねれば誰とでもこのように……」

答えながら、玄馬は伸吾に済まないと思った。いつも、良いところを自分が最初に体験してしまっているのだ。

「これからは、必ず伸吾様とも、このように気を遣ることが出来るようになりますから」

「でも、また玄庵がしてくれますか……」

「ええ、でも年中というわけにはいきません。せいぜい月に一、二度ぐらいなら」

「構いません……」

「もちろん伸吾様とご満足が得られれば、それが一番良いことですので」

「わかっております」

姫は答え、最後にもう一度きゅっと締め付けてから、ゆっくりと身を離して彼の隣に横たわった。玄馬は身を起こし、懐紙で姫の股間を拭き、先に寝巻きを整え搔巻をかけてから自分の処理をした。

「では、おやすみなさいませ」

玄馬は身繕いして言い、静かに姫の寝所を辞した。

そして廊下に出ると、すぐに次の間に控えていた篠と千影が出てきた。

「いつもより長いと存じますが、いったい何を……」

篠が、さすがに心配して詰め寄った。しかし千影が一緒だったため、覗くことも出来ず気が気でなかったようだ。

「では、お部屋の方で」

玄馬は、篠の淫気も溜まっていることを知っているし、姫の部屋の後は必ず情交することになっているから、千影を帰して篠の部屋に行った。

三

「ゆ、ゆばりを……？　そのようなことを姫様が……」

話を聞き、篠は目を丸くした。もちろん玄馬は、その後いつものように舐めただけで、情交までしてしまったことは言わなかった。

「それは医学のためですから、淫気の高まったときの味を知っておかねばなりません」

玄馬は説明した。伸吾がそれを求めたなどと言うことは、いかに信頼のおける侍女でも言わない方が良いと判断したからだ。

「そ、そのようなことは納得できません。それに、すでに夫のある身で、今も玄庵どのに陰戸を舐めさせるというのもどうかと思います」

篠は、どうも不機嫌なようだ。

「だいいち、あの女は何ですか。典医の助手ということですが、私が姫の寝所を覗こうとしたら、いきなり腰を押さえられ、私は身動きできなくなりました。しかも、何とも言えない気分になって力が抜け……」

どうやら千影が奥の手を使い、身動きできなくさせるツボでも押さえたのだろう。あるいは千影は姥山にいる頃から、女同士で淫法の訓練をし、感じさせる部分を心得ているのかも知れない。

「ご不審があれば本人に訊きましょう。千影、そこにいるか」

「はい」

返事があり、そっと襖が開いて千影が入ってきたので、篠はびくりと身じろいだ。

先に戻れと言い置いたものの、千影は常に玄馬の近くに待機するのが常だったのだ。

「どのような術を使ったのだ」

「はい。女の腰のこの辺りには、淫気を催し、脱力させるツボがございます」

千影は言い、風のように篠に迫ると、尻の少し上の部分を指で押さえた。

「あ……、や、やめて……」

篠は声を洩らし、実に色っぽい表情になった。

「大丈夫。もっとお楽に、どんどん気持ち良くなります……」

千影は言い、一回りも年上の大年増を苦もなく操っていた。玄馬と出会ったときは生娘だったが、女同士に関しては相当な手練れなのだろう。

「ああ……、な、何だか、身体が……」

篠は腰を押さえられながら、すでに敷かれていた布団に横たわった。

千影も、さっきは姫に気づかれぬよう加減していたのだろうが、今は容赦なく刺激を強めている。

「さあ、力を抜いて。これも脱いでしまいましょう」

千影はツボを押さえながら、もう片方の手で篠の帯を解きはじめた。玄馬も手伝い、みるみる篠は熟れた肌を露出し、たちまち全裸にされてしまった。

「は、恥ずかしい……、いや……」

しきりに首を振って拒もうとしながらも、篠の声はすっかり甘ったるく粘つくようになり、熟れ肌もうねうねと妖しく波打ちはじめていた。玄馬は、伝説の淒まじい淫法の一端を垣間見た思いだった。

そして彼女の高まりが伝染したように、姫に射出したばかりの玄馬も激しく勃起し、全裸になって篠の豊乳に顔を埋め込んでいった。

ちゅっと乳首を含み、膨らみに顔を押しつけると、何と千影ももう片方の乳首に吸い付きながら、肌のあちこちを刺激し続けていた。

篠は、一対一なら激しく燃えるが、同性がいるのを嫌がり、何とか拒もうともがいていた。しかし千影の愛撫は実に巧みで、次第に篠も喘ぎ悶えるばかりとなっていった。

玄馬は、千影とともに篠の両の乳首を吸い、さらに肌を舐め下りて股間に顔を寄せていった。

すると、千影がぬるりと陰戸に指を押し込み、内部をいじりはじめた。

まるで内側から刺激されたように、みるみるオサネが包皮を押し上げて突き立ち、つやつやした光沢を放った。

玄馬がオサネに舌を這わせると、

「あうーッ……！　き、気持ちいい！　もっと強く……」

篠が狂おしく身悶えながら口走った。

「このように」

玄馬がオサネに吸い付き、さらに両手で乳房を揉んでいると、千影が補佐をしながら彼を仰向けにさせ、篠をその上に跨らせて四つん這いにさせた。もう篠は、千影の言いなりだった。

玄馬は仰向けになって篠の腰を抱き寄せ、執拗にオサネを舐め回した。千影も作業しやすくなり、篠の陰戸と肛門に指を押し込んで刺激し、さらに彼女の尻には舌まで這わせて愛撫を駆使した。

「アア……、駄目、変になる……、い、いきそう……」

篠は大量の淫水を、潮でも噴くように溢れさせながら腰をくねらせ、声を上ずらせて悶え続けた。

確かに、千影が陰戸に入れた指で掻き出すようにすると、白濁した蜜汁がぴゅっぴゅっと彼の胸に飛び散ってきた。

「ヒイッ……、も、もう堪忍……、アアーッ……!」

篠は絶叫し、とうとう気を遣ってがくんがくんと激しい痙攣《けいれん》を起こした。何しろ男女二人に、最も敏感な三ヵ所を責められ、さらに玄馬には乳房を揉まれ、千影に肌を舐められているのだ。今まで、ろくに情交を体験していない篠は、ひとたまりもなく絶頂に達してしまった。

篠はそれ以上の刺激を拒み、懸命に玄馬の顔から股間を引き離して、ごろりと横たわった。ようやく千影も彼女の前後の穴から指を引き抜き、懐紙で拭った。

そして何と、千影も手早く着物を脱いで全裸になったのだ。

「今宵は三人で、心ゆくまで……」

千影が悪戯《いたずら》っぽく笑って囁くと、玄馬も激しい淫気に見舞われた。

そして真ん中で仰向けになった玄馬を挟むように、千影も身を寄せてきた。

彼女は少女らしくなく、一向に悋気《りんき》というものを抱かない性質なのだろうか。篠が一緒でも平気なようで、あるいは、玄馬の大きな悦びのためなら、何でもするということなのかも知れない。

「さあ、篠様もご一緒に」

千影が顔を上げ、囁きながら玄馬に唇を重ねてきた。そして反対側で放心している篠を促《うなが》し、一緒に唇を求めさせたのだ。

すると篠は、まるで千影に操られているかのように顔を上げ、一緒になって玄馬に唇を重ねてきたではないか。二人がかりで責められたものだから、今度は千影と二人で玄馬を責めようという気になったのかも知れない。

「ク……」

玄馬は、同時に二人の美女の口吸いを受け、心地よく呻いた。

三人が鼻を突き合わせた内部の狭い空間に、美女たちの熱くかぐわしい吐息が混じり合って馥郁と籠もった。その熱気に玄馬の顔中までが、じっとりと湿り気を帯びてくるようだった。

何という快感であろう。

玄馬は、それぞれに蠢く千影と篠の舌を舐め、混じり合って流れ込んでくる唾液でうっとりと喉を潤した。千影の甘酸っぱい少女の匂いに、篠の大人の吐息が入り混じるのも、実に得難い芳香であった。

たちまち篠は精気を取り戻し、女たちは争うように舌を潜り込ませて玄馬の口の中を舐めた。そして千影が移動し、彼の頬や鼻の穴を舐めると、対抗意識からか術に操られているのか、篠も同じようにした。

玄馬は顔中に美女たちの舌の洗礼を受け、清らかな唾液でぬるぬるになり、ほのかに甘酸っぱい芳香に包み込まれた。

鼻筋から瞼《まぶた》まで舐められ、さらに左右の耳の中にそれぞれの舌が潜り込むと、くちゅくちゅと熱く蠢く音のみが頭の中に響き、何とも妖しい気分になった。

やがて二人は、いつしかすっかり意気投合したか、まるで打ち合わせたかのごとく同時に彼の首筋を舐め下り、左右の乳首に吸い付いてきた。

「あう……！」

一度に左右を強く吸われると、その唐突な快感に思わず玄馬は呻いて身を反《そ》らせた。

千影は舌先で舐め回し、篠は強く吸い付いた。そして二人は軽く歯を立てたり、執拗に愛撫してから、胸や腹などへ舌を移動させていった。彼の肌は、まるでナメクジでも這い回ったかのように唾液の痕が縦横に印された。

肌を熱い息がくすぐり、しかも二枚の舌があちこちを舐め回すというのは何とも言えない快感だった。

しかも二人は彼の股間には向かわず、腰から太腿、脚へと下りていったのだ。

これも千影が主導権を握り、知らず知らずのうちに篠が従っているのだろう。千影は、玄馬が姫相手に射精したばかりと知っているから、少しでも多く長く愛撫しようという思いやりで行動しているようだ。

しかし玄馬は、二人がかりの行為にすっかり高まり屹立していた。

二人の口は、とうとう玄馬の爪先に達し、指がしゃぶられた。指の股にぬるっと舌が潜り込むと、何とも贅沢な快感が突き上がってきた。

そして念入りに全ての指の股を舐め尽くすと、ようやく二人は彼の脚の内側を舐め上げて股間に向かってきた。

するとさ先に、千影が彼のふぐりを舐め回し、肉棒にしゃぶりついてきた。控えめな彼女にしては、いつになく激しく積極的な舐め方だ。たちまち肉棒は美少女の唾液にまみれ、最大限に膨張した。

どうやら千影は、肉棒に姫の匂いでも残っていないか気にし、先にしゃぶってその痕跡を消したようだった。篠も、これほど興奮に包まれているのだからよもや気づきはすまいとは思うが、千影は念のため、女の勘の鋭さを慮《おもんぱか》ったのである。

ようやく千影がすぽんと口を離すと、待ちきれなかったように篠も含んできた。

四

「どうなさいます？　一度お口にお出しになりますか？」

千影が、玄馬の耳元で囁いた。

一度と言うことは、後でもう一度、篠に交接して満足させてやらないといけないということなのだろう。千影自身は、またいつでも玄馬と出来るので、自身の欲求には執着していない。

しかし玄馬が返事をする前にも、篠は相当夢中になって肉棒をしゃぶり続けていた。

玄馬が小さく頷くと、

「大丈夫。すぐにご回復するように致しますので」

千影は囁き、再び彼の股間に戻り、篠とともに舌を這わせはじめた。

どうやら、早く回復させる淫法の術でもあるらしい。その期待に、玄馬は急激に高まってしまった。

何しろ二人の口が、交互にすぽすぽと亀頭を吸い、喉の奥まで呑み込み、強く吸い上げてくるのである。二人の口腔は微妙に温もりも感触も違い、舌の蠢きなど全てが異なっていた。しかし、それもやがて愛撫を重ねられるうち、もうどちらの口に含まれているかも分からなくなり、時には同時に二人の舌が亀頭にからみついてきた。

何やら女同士の口吸いの間に、肉棒が挟まれている感じである。

しかも二人はふぐりにもしゃぶりつき、二つの睾丸を一つずつ吸ったり舌で転がしたりした。

「い、いく……！」

ひとたまりもなく、玄馬は快感に貫かれながら声を洩らした。

ありったけの熱い精汁が勢いよく噴出し、たまたま含んでいた篠の喉の奥を直撃した。

「ンンッ……!」

篠が驚いて口を離すと、あまりが二人の顔中に飛び散り、それを千影が急いで鈴口に口をつけてすすった。最後の一滴まで出し尽くすまで、愛撫を止めてはいけないことを心得ているのだ。

玄馬は心おきなく、最後まで千影の口の中に出し尽くし、ようやく満足してぐったりと力を抜いた。

篠も口に飛び込んだ分を飲み込み、再び千影から亀頭を奪って吸った。千影は、篠の顔中を濡らした分に舌を這わせていた。篠は肉棒から口を離し、いつしか女同士で舌をからませはじめた。

玄馬は、余韻の中で女同士の熱っぽい口吸いを眺めた。

さて、姫と交接し、女二人の口でいかされ、今夜はすっかり満足してしまった。

もちろん美女二人を相手になど、今後滅多にできることではない。出来ることなら、もう一度ぐらいしておきたかったし、千影が、どのように回復させてくれるのかにも興味があった。

女たちは、ようやく口や顔を舐め終えてから再び彼の左右に添い寝してきた。

篠は、交接による満足をしていないから、まだまだ淫気に燃えた眼差しをしていた。

玄馬は顔を向けて千影の乳首を吸い、甘ったるい肌の匂いを嗅いだ。どうせ回復させてくれるにしても、その前に女たちの匂いを嗅ぎ、自分なりにも回復するよう努め、したいことを味わっておきたかった。

そして寝返りを打ち、篠の豊乳にも顔を埋め、乳首を吸いながら熟れた大人の体臭に包まれた。

「ああ……、もっと……」

すぐにも篠は声を洩らし、ぐいぐいと乳房を押しつけてきた。

玄馬は彼女の両の乳首を吸い、充分に愛撫してから肌を舐め下り、二人の足まで舌を這わせていった。

先に千影の足裏と指の股を舐め、篠にも同じようにした。それぞれの匂いも味も異なって興奮をそそり、玄馬は念入りに味わった。

そして先に千影の股間に潜り込み、茂みに籠もった可愛い匂いを吸収し、濡れた陰戸を舐め回した。もちろん脚を浮かせて肛門まで存分に味わい、前も後ろも心ゆくまで味と匂いを堪能してから篠の股間に移動した。

果実のような美少女とは違う、熟れた女の柔肉はふっくらとして、白粉と乳汁を混ぜたような匂いがした。溢れ続けている淫水をすすり、肛門に舌を入れ、オサネにも充分に舌を這い回らせた。

「アア……、いい気持ち……」

篠が顔をのけぞらせて喘ぎ、彼の顔を内腿できつく挟み付けてきた。

するとその時、玄馬は唐突な快感に急激に回復していった。

「……！」

気づくと、篠の股間に顔を埋めている玄馬の尻に千影が顔を押しつけ、肛門にぬるりと長い舌を押し込んできたのだった。

それは愛撫の域を超え、深々と潜り込んで蠢き、しかも肛門内壁に回復のツボでもあるのか、その部分を執拗《しつよう》に舌先が圧迫していた。

そういえば女の膣内の天井にも、潮を噴かせるツボがあるようなので、きっと男の肛門内部にも、回復のツボが秘められているのかも知れない。

とにかく玄馬は、篠の陰戸を舐め回しながら、尻に美少女の熱い息を感じ、舌のぬめりと蠢きを内部に感じながらむくむくと勃起していったのだった。

まるで、肛門内部に潜り込んでいる千影の舌の動きに合わせ、ひくひくと肉棒が操られて動くようだった。

「い、入れて……」

篠が言った。何度となない快感を味わいながらも、やはり最後は男と一体となって果てたいのだろう。

玄馬が顔を離し、ゆっくりと身を起こしていくと、千影も巧みに舌を引き抜かずについてきた。これも妖しい気分だ。彼はそのまま先端を篠の陰戸にあてがい、一気に深々と挿入していった。

「アアーッ……！」

ぬるぬるっとした心地よい摩擦を味わいながら根元まで押し込むと、篠が顔をのけぞらせて激しく喘いだ。玄馬も股間を密着させながら、熱くぬめった柔肉に締め付けられ、激しく高まっていった。

身を重ね、脚を伸ばして熟れ肌にのしかかると、千影も腹這いになって、彼の尻に熱い息を籠もらせながら舌を蠢かせ続けた。

端《はた》から見れば、何とも奇妙な光景であったろう。本手で重なり合った男女に、もう一人の女が男の尻に顔を埋めているのだ。しかし、全てを操っているのは、この美少女なのである。

篠は、そんなことも知らず、必死に下から玄馬にしがみつき、待ちきれないようにずんずんと股間を突き上げはじめていた。

それに合わせ、玄馬も快感に包まれながら腰を突き動かした。

何とも心地よく濡れた柔襞の摩擦が、肉棒全体を心地よく包み込んだ。それのみならず肛門に入った舌も出し入れするように連動した。まるで、犯す快感と犯される快感の、両方を味わっているようだった。

玄馬は胸で柔らかく弾む乳房を押しつぶし、篠に唇を重ねながら動き続けた。

「ンンッ……！」

彼女も、熱く甘い息を弾ませ、呻きながら激しく舌をからめてきた。

次第に動きも最高潮となり、たちまち玄馬は絶大な快感の嵐に巻き込まれた。そして熱い精汁がほとばしった瞬間、

「ああーッ……！　いい、とっても……！」

同時に篠も絶頂に達し、がくんがくんと狂おしく腰を跳ね上げながら痙攣した。

膣内が締まり、玄馬は最高の快感とともに、ありったけの精汁を出し尽くした。やがてゆっくりと、動きを止めて力を抜いていった。

「ああ……」

篠も、精根尽き果てたように声を洩らし、徐々に全身の硬直を解いてぐったりとなっていった。

玄馬が体重を預けていると、千影もぬるぬるっと彼の肛門から長い舌を引き抜いていった。その心地よく滑らかな摩擦刺激に、深々と納まっていた肉棒がぴくんと上下した。

「あん」

篠が喘ぎ、きゅっときつく締め付けて答えた。

完全に舌が離れると、玄馬はやけに寂しい気持ちになったが、すぐに千影が篠に並んで横たわり、彼の背を優しく撫でてくれた。

玄馬は、下にいる篠と横にいる千影の、混じり合ったかぐわしい息を嗅ぎながら、うっとりと快感の余韻に浸り込んだ。これほどの快感と充足感を、また味わえる日は来るのかと思えるほどの、大きな一回であった。

「すごかった……、こんなの、毎晩したら死にます……」

篠も、深い満足を得たように溜息混じりに言った。

ようやく呼吸を整え、玄馬はそろそろと腰を引き離し、篠の隣に横たわった。しばらくは、それ以上動く気にもなれなかった。

すると千影が身を起こし、二人の股間を丁寧に拭ってくれ、篠の寝巻きを整えて掻巻をかけた。そして玄馬の身繕いもしてくれ、

「さあ、そろそろ……」

促すので、玄馬もようやく起き上がり、篠の寝室を辞した。

今夜は宿直《とのい》と言ってあるので、二人は離れの控えの間に戻った。

そして深い満足の中、玄馬は千影に腕枕してもらい、その甘い匂いと温もりに包まれながら眠ることにした。

（これで、妻さえいなかったら楽しい日々なのだが……）

そう思ったが、じきに玄馬は深い眠りに落ちていった。

五

「し、信じられません。姫様があのような格好を……！」

襖の隙間から覗き込みながら、篠が言った。もちろん玄馬も一緒である。

あれから数日経ち、伸吾の淫気も限界に達していたので、朝の検診でそろそろ、と玄馬は姫に言っておいたのだった。

そして夜、玄馬は二人の行為がやけに気になり、何とか篠を説得し、二人で次の間に控えさせてもらったのである。

中では、全裸になった伸吾が巨体を横たえて仰向けになっていた。さすがに淫気を溜めた肉棒が激しく屹立していたが、確かに太く短い感じだ。もちろん交接には何の支障もないし、やがて姫もこの一物で絶頂を迎えるだろう。

姫も全裸になって、何と仰向けの伸吾の顔に跨ったのだ。すでに伸吾の願いは彼女に伝わっており、姫も羞じらいながら彼の顔の上にしゃがみ込んだのである。

その行為を見て、篠が驚いたのだった。

伸吾は淫気に夢中で、こちらの気配など気づいていない。姫も、生まれたときから常に隣室には誰かいたので、もとより気にしてはいなかった。

玄馬は座り込んで襖の隙間に顔を寄せ、篠はその後ろから、おぶさるように覗き込んでいた。だから玄馬の背には彼女の豊乳が密着し、肩越しには熱く甘い息までが感じられるから、彼は激しく勃起してしまっていた。

しかし見届けるまでは、淫気を解消してしまうわけにいかなかった。

「よろしいのですか……」

「ええ……」

姫が言い、伸吾が頷くと、彼女は遠慮なく婿の顔に股間をぎゅっと密着して座り込んでしまった。その行為に、篠が玄馬の背後からしっかりとしがみついてきた。

まだ尿意は高まっていないようで、まず伸吾は下から舌を這わせはじめたようだ。

「ああ……」

姫も久々の婿との行為に高まっているのか、すぐにも顔をのけぞらせて喘ぎはじめた。

伸吾は下から彼女の腰を抱え、息をぐもらせて念入りに舐め回していた。

男の顔に座り込み、身を反らせて喘ぐ姫の何と美しいこと。白い肌が輝き、つんと上向き加減の乳房が悩ましく震えている。喘ぐ横顔は天女のようで、うねうねと蠢く腰の肉づきも、すっかり健康体のものだった。

伸吾はさらに潜り込んで姫の尻の谷間も舐めているようだ。そして前も後ろもまんべんなく舐め、仕上げにオサネに吸い付いていた。

「アア……、き、気持ちいい……」

姫が急激に高まり、がくがくと身を波打たせはじめた。

「どうか……」

「いいのね……、出そう……」

伸吾に促され、姫も喘ぎながら答えた。

そして彼女は息を詰め、下腹を緊張させた。何度か息を吐いては止めていたが、やがて姫の下半身がビクリと震えた。

「ああ……、出る……」

姫が呟いて身体を硬直させると、伸吾も息を詰めた。微かに、彼の口にごぼごぼと泡立つ音と、必死に嚥下する音が入り混じって聞こえてきた。

「そんな……、信じられない……、姫様が……」

篠が、玄馬の耳元で呟いた。

伸吾は咳き込むこともなく、難なく飲み続けていた。姫の淡い味と匂いなら、こぼすこともないだろう。すでに経験している玄馬は心の中で頷いた。

やがて姫の硬直が解け、嚥下する音も止んだ。どうやら全て出し切ったようだった。

姫がゆっくりと腰を浮かせて身を離すと、伸吾は美酒に酔ったように満足げな表情で喘いでいた。

「嫌ではなかったですか」

「いいえ、何と美味な……、有難うございました……」

伸吾が小さく言うと、姫も満足げに頷き、さらに彼の股間に顔を埋め込んだ。

そして屹立している肉棒をしゃぶって濡らし、姫はすぐに顔を上げて跨っていった。

茶臼《ちゃうす》（女上位）が自然となり、姫は上から交接してゆき、やがて二人の股間はぴったりと密着した。

姫が身を重ねると、伸吾も下から抱き寄せ、すぐにも股間を突き上げはじめた。

「ああ……、いい気持ち……」

放尿後の満足感と興奮に、姫は熱く喘ぎはじめ、自分からも腰を使いはじめた。

そして二人は唇を重ね、舌をからめ合い、互いの動きを一致させながら同時に高まっていったようだ。

「アア……、いい、すごく……」

姫が声を上ずらせて、ひくひくと身を震わせた。

どうやら気を遣りはじめたらしい。それに感激したか伸吾も下からの突き上げを激しくし、彼も昇り詰めたようだった。

互いに絶頂を一致させた姿は、実に感動的であった。

玄馬は激しく高まり、篠もまた、姫のはしたない姿に眉をひそめることも忘れ、しっかりと玄馬の背にしがみつきながら熱く甘い息を弾ませ、ぐいぐいと乳房と股間を彼に押しつけていた。

やがて姫と伸吾が精根尽き果てて、ぐったりと動かなくなった。

そこまで見届けると、玄馬は襖の隙間を閉じ、音を立てないようそっと篠とともに控えの間を離れた。

「驚きました。あのようなことが行なわれているなど……」

篠の寝室に入ると、彼女は太い息を吐きながら言った。

「しかし、幸せそうでしたね。二人の身も心も一つになった感じです」

「ええ、それは確かに……」

「あのような行為は、普通のことなのでしょうか……」

篠は、まだ信じられないようだ。ゆばりは元より、姫が婿の顔に跨って座ると言うこと自体、篠の常識にはないことなのだろう。

「もともと秘め事ですからね、二人が良ければ、何があろうとそれで自然なのです」

「それは、そうなのですけれど……」

篠は言いつつ、高まった淫気を持て余したように、甘ったるい体臭を揺らめかせた。

「試してみますか」

玄馬は、篠の帯を解きながら囁いた。

「そ、そのようなこと……！」

「姫様でさえ行なったのですから。すれば気持ちも解るでしょう」

玄馬は、彼女を脱がせ、自分も手早く全裸になっていった。

そして迷う篠を抱き寄せ、先に自分が仰向けになりながら、彼女の下半身を顔の方へと引き寄せてみた。

「い、いけません……、そのような……」

「ほら、こんなに濡れていますよ。姫様が羨ましかったのでしょう」

玄馬は、強引に顔を跨がせ、実際ぬらぬらと大量に潤っている陰戸に迫って言った。

割れ目から溢れた淫水は、恥毛までべっとりと濡らして悩ましい匂いを放っていた。

玄馬が舌を這わせると、

「ああーッ……！」

篠は腰をよじり、とても上体を起こしていられずに身を重ねてきた。そして仕返しをするわけでもないだろうが、彼女も屹立した肉棒に上からしゃぶりつき、いつしか女上位の二つ巴の体勢になっていた。

玄馬は、温かく濡れた口腔に捉えられながら、篠の腰を抱え込み、オサネに吸い付いて陰戸に指を入れた。

そして千影がしたように、指で膣内の天井を圧迫し、淫水を掻き出すように動かした。

「く……、んん……！」

篠は喉の奥まで肉棒を呑み込み、必死に吸いながら舌をからませていたが、やがて耐えきれぬようにすぽんと口を離して喘いだ。

「アアッ！　で、出そう……！」

内部を押され、篠は急激に尿意を覚えたように口走った。

「いいですよ。出しても」

玄馬は言いながら指で圧迫を続け、オサネを舐め回した。彼の鼻先では、可憐な桃色の肛門がきゅっきゅっと艶めかしい収縮を繰り返していた。

「あうう……、だ、駄目……！」

篠が呻き、とうとうぴゅっと玄馬の顔に液体をほとばしらせた。舐めてみたが、どうやらゆばりではなく、無味無臭の蜜汁だ。尿意を覚えたからと言って、ゆばりが出るとは限らない。潮噴き状のものは、何とも神秘な液体であった。

玄馬は、まだまだ女体のことで知らぬことが多く、追求のしがいがあると思った。

やがて篠がぐったりとなったので、玄馬は指を抜いて下から這い出した。

そして彼女をうつ伏せのまま腰を抱え、後ろから陰戸に挿入していった。

「ああッ……！」

深々と貫くと、篠は息を吹き返したように喘ぎ、汗ばんだ白い背中を反り返らせた。

玄馬はずんずんと腰を突き動かし、熟れた柔肉の摩擦と温もりを味わった。尻の弾力が何とも心地よく、彼はたちまち昇り詰めた。

篠も、同時に気を遣って激しく悶えはじめた。

「ああーッ……！　気持ちいい……、もっと強く……！」

篠が狂おしく腰を振りながら言い、玄馬もありったけの精汁を注ぎ込みながら突きまくった。

やがて先に篠がぐったりと放心状態になり、玄馬も出し尽くして動きを止めた。そのまま身を重ね、柔肌にのしかかりながら、うっとりと余韻を味わった……。

第六章　淫気果てるまで

一

「え……？　江戸へ遊学ですか、私が……」

玄馬は驚いて、忠斎を見た。

「ああ、いま江戸では漢方医に代わり、蘭方医が主流になりつつある。お前の若い目で、その実態を学んできて欲しいのだ。小田浜は、わしと市之進どのが居るからな、今が好機と思う」

忠斎は言い、家老の許可が出たことも伝えてくれた。

「しょ、承知いたしました」

「ああ、次の船で発つがよい」

言われて、玄馬は控えの間に下がってきた。

もとより断われる話ではない。いや、玄馬自身、江戸を見たいし最新の医術を学びたい気持ちはあった。一生、この小田浜から出ず典医で終わるよりは、広い世界を見ておくのも心が躍った。

しかし、女たちと別れなければならない。姫君や篠、たつや千影。もちろん玄馬は、女への未練で夢を諦めるほど愚《おろ》かではない。

江戸へ行っても身の回りの世話が必要だろう。だが千影ではなく、妻のせんを連れていくしかないだろう。せんは江戸育ちだ。やはり帰りたいだろうし、地理にも詳しいから重宝はする。

（好きな女たちと別れ、最も暮らしたくないものだけを連れていくことになるか……）

希望と絶望がない交ぜになり、玄馬は溜息をついた。遊学の期間は三年間。もちろん合間に少し帰参することは出来るだろうし、江戸までは二日で行ける行程だからそう遠いところではない。

「どうなさいました」

千影が心配そうに訊いてきた。

「ああ、江戸へ行かされるのだ」

「それは、おめでとう存じます」

千影は一礼して言ったが、やはり少し寂《さび》しげである。

「いつお発ちに」

「次の出港だから、三日のうちだろう」

「ならば、急いでお支度を」

「ああ、そうだな……」

言われて、とにかく玄馬はいったん帰宅した。そして、せんに報告すると、

「まあ！　江戸に！　それは良うございました」

彼女は顔を輝かせて言った。自分も懐かしい江戸に帰れるし、何より玄馬にとっても出世なのである。江戸で蘭方を学んで帰参すれば、小田浜で随一の蘭医として丁重に迎えられるだろう。

「急なお達しだからな、急いで支度をするように」

「承知いたしました！」

せんは元気に答え、すぐにも着替えの整理をはじめた。

玄馬は家を出て、まずは目出度《めでた》いことではあるので叔父の市之進に報告に行って喜んでもらい、さらに先祖代々の墓にも参った。

そして彼は、たつの家を訪ねた。

幸い、甚兵衛は山菜採りで不在。赤ん坊も静かに眠っていた。

「まあ、そうでございますか、江戸に……。それはお名残惜しゅうございます」

たつは言い、涙を浮かべてくれた。

「はあ、どうにも残念ですが」

玄馬が言うと、たつはすぐにも帯を解きはじめた。涙ぐみながらも、久々に会って淫気は急激に高まったようだ。

もちろん玄馬もそのつもりで訪ねたのだから、急いで着物を脱ぎ、敷かれた床に横たわった。甚兵衛は昼食を持って出かけたというので、帰りは八ツ半（午後三時頃）らしいから時間は充分にあった。

たつが添い寝すると、玄馬はすぐに色づいた乳首に吸い付いた。たちまち彼の舌を、生温かな乳汁が濡らしてきた。この匂いも味も、今日で最後になるだろう。

「ああ……、もっと吸って……」

たつが、熱く喘いで彼の顔中に豊かな膨らみを押しつけてきた。

乳の匂いに混じり、彼女の甘い汗の匂いと吐息が鼻腔を満たした。玄馬はもう片方を探りながら乳汁を飲み、色っぽい腋毛の煙る腋の下にも顔を埋めた。

左右の乳首を吸い、うっすらと甘い乳を舐めながら内腿の間を探っていくと、熱くぬるぬると潤った陰唇に触れた。

彼は身を起こし、上から唇を重ねて割れ目をいじった。

「ンンッ……！」

たつは目を閉じ、うっとりと呻いた。ぽってりとした舌がからみつき、甘い唾液と吐息が玄馬を酔わせた。割れ目内部は蜜汁が大洪水となり、たつの熟れ肌はうねうねと悩ましく悶えはじめていた。

充分に舌を舐め合うと、玄馬は移動し、一気に彼女の足裏を舐めはじめた。

「あう！　ど、どうかそれは……」

たつは、未《いま》だに足を舐められるのが苦手なようだ。くすぐったくて気持ちは良いのだろうが、やはり士分に舐められるのは申し訳ないのだろう。

玄馬は、そんな反応が嬉しいから、なおさら念入りに舌を這わせ、全ての指の股も舐め尽くし、両足とも充分に味と匂いを堪能した。

そして股間に潜り込み、白くむっちりとした内腿を舐めてから割れ目に迫った。

はみ出した陰唇を左右に広げると、白っぽい淫水がねっとりと襞にまつわりつき、悩ましい匂いを籠もらせていた。

玄馬は黒々とした茂みに鼻を埋め込み、汗と残尿の混じった芳香を吸収しながら、内部に舌を差し入れていった。

「あぁッ……！　どうか、早く入れてくださいませ……」

たつが声を上ずらせて言った。早く一つになりたい気持ちと、長く舐められるのを済ませる気持ちの両方なのだろう。

もちろん玄馬は念入りに舐め、脚を浮かせて肛門にまで舌を潜り込ませた。

「ヒイッ……！　い、いけません……」

何度交接しても、たつは新鮮な反応をしてくれた。

玄馬は再び陰戸に戻り、オサネに吸い付きながら自分の股間も彼女の鼻先に突きつけていった。たつは顔を寄せ、すっぽりと一気に喉の奥まで呑み込み、激しく舌をからみつけながら吸ってくれた。

温かな唾液にまみれ、舌と吸引の刺激で玄馬も充分に高まった。やがて互いに準備が整うと、彼は身を起こし、たつに挿入しながらのしかかっていった。

ぬるぬるっと貫いていくと、何とも心地よい柔襞の摩擦が彼を包み込んだ。

「アアーッ……！　き、気持ちいい……」

たつが顔をのけぞらせて喘ぎ、身を重ねた玄馬に、下から激しく両手でしがみついてきた。彼はまだ動かず、きゅっと締まる陰戸の感触と、熱いほどの温もりを味わいながら体重を預けた。

玄馬は再び唇を重ね、甘い匂いのする口の中を舐め回しながら、やがて小刻みにずんずんと腰を突き動かしはじめた。

「ク……ンンッ……！」

彼の舌に吸い付きながら、たつは熱く呻き、自分も股間を突き上げてきた。

湿った音が響き、溢れた淫水が彼の内腿まで温かく濡らした。最後と思うと本当に名残《なご》惜《お》しいが、それでも絶頂は急激にやってきた。

「ああッ……！」

口を離して玄馬は喘ぎ、たちまち激しい快感に貫かれてしまった。

「い、いく……。アアッ……！」

内部に熱いほとばしりを受け、続いてたつも気を遣り、彼を乗せたままがくがくと跳ね上がるように腰を突き上げて反り返った。

熱い大量の精汁を、彼は最後の一滴まで放出し尽くし、やがて動きを止めていった。

「ああ……、なんて、いい……」

たつも硬直を解きながら、うっとりと言って力を抜いた。

玄馬は何度も口を重ねて舌を舐め、心地よい余韻を味わった。

「どうか、ご無事で……」

たつが、きゅっと彼自身を締め上げながら囁いた。まだ彼女の目が潤んでいる。

「ええ、おたつさんもどうか達者で」

「ご帰参の時は、いつでもお寄りくださいませ……」

たつは言い、ようやく玄馬も未練を断ち切るように股間を引き離していった。

すぐにも彼女が身を起こし、彼の処理をしてくれた。

やがて身繕いをすると、玄馬は本来の目的であった薬草を数種類出してもらい、それを持ってたつに別れを告げ、城下へと戻っていった。

帰宅すると、せんが甲斐甲斐しく支度を調えており、玄馬は沸《わ》かしてあった湯に浸《つ》かって身体を洗った。

そして夜、せんはよほど嬉しかったのか、自分から玄馬の寝床に入ってきた。珍しい、というより初めてのことである。

「江戸屋敷に、私もご一緒に？」

「ああ、だがどうなるか分からない。典医としての部屋は用意されるだろうが、もし狭ければお前は実家に預かってもらうかも知れぬが」

「はい。それでよろしゅうございます」

実家の方が、彼女も我が儘が言えるし自由に買物にも行かれるだろう。せんの浮かれる様子が、玄馬には苛立たしかった。それでも、滅多にないことだから淫気は湧いた。

玄馬はせんを抱き寄せ、口を吸った。しかし相変わらず舌はからめてくれない。

「今宵は、互いに舐め合わないか?」

「そのようなこと仰ると、父に言いつけます。さあ、どうぞお入れくださいませ」

せんは言い、仰向けになって脚を開いてきた。心が浮かれても、結局することは同じなようだ。

玄馬は意気消沈しながらも、何とか自らを奮い立たせて挿入するのだった。

二

「江戸へ行くそうですね。名残惜しいけれど、私もやがて江戸へ戻ります」

咲耶が言った。そう言えば、姫は療養という名目で小田浜にきていたのだから、全快すればまた江戸屋敷に戻るのである。

「はあ、そうでした。ではほんの僅かなお別れでございますね。お顔の色もよろしいし、毎日ご無理さえなさらなければ、もう普通と一緒です。戻られるのも、そう遠いことではございますまい」

玄馬は言い、徐々に江戸暮らしへの希望も湧いてきた。

篠も、ずっと姫に付き添ってきた侍女なのだから、当然一緒に来るだろう。

玄馬は、朝の検診を一通り終えると、控えの間へ戻ろうとした。

すると、廊下で忠斎に会った。

「おお、探していたのだ。すぐ御幸ヶ浜の屋敷へ行くがよい。船便のことで打ち合わせがあるようだ」

「そうですか。わかりました。ではすぐに」

玄馬は言い、千影には控えの間に置いてある私物の整理を頼み、一人で城を出た。

駕籠で御幸ヶ浜に行くと、ちょうど昼。浜屋敷で昼餉を済ませると、玄馬は奥の間を訪ねた。

さて、誰が自分を呼んだのだろうと思ったが、そこにいたのは何と、夕月だった。

「こ、これは夕月様。お懐かしゅうございます」

玄馬は平伏し、自分の最初の女を懐かしげに見た。

相変わらず、きりりとした切れ長の眼差しに目を見張る美貌。玄馬に女というものを教えてくれ、彼を男にしてくれた女神だ。

しかし反面、彼女の用向きに察しがついて胸が痛んだ。姥山の頭目が城下に来たとなれば当然、千影を連れに来たのだろう。玄馬も江戸へ発ってしまうことだし、もう千影も充分に城下の暮らしも見聞きしたと判断したに違いなかった。

「玄庵どのも、お元気そうで何より。すっかり貫禄がつきましたね」

夕月が、笑みを浮かべて言った。

「いいえ、まだまだです。江戸で、一から鍛《きた》え直してもらおうと思っております」

「そう、その件で、千影のことなのですが」

夕月は言い、玄馬も覚悟を決めた。

「ご家老様にお願いをし、一緒に江戸へ行かせることになりました」

「え……？」

玄馬は目を丸くし、みるみる胸の中の霧が晴れてくる思いがした。

「わ、私はてっきり、千影どのを山へ連れ戻しにお越しかとばかり……」

「いいえ、頭目の座を譲るのは、まだまだ先です。こうした機会に江戸を見ておくのも良い勉強になりましょう。江戸屋敷で、今までと変わらず、玄庵どのの手伝いをさせますので、どうか可愛がってやってくださいませ」

「それは、願ってもないお話。有難う存じます。命をかけて、千影どのをお守りしますので、どうかご安心を」

玄馬が言うと、夕月は実に楽しげに笑った。

「命をかけて玄庵どのを守れと、千影に言うつもりなのです」

「は、はあ、確かに千影どのの方がずっと頼りになりますので……」

玄馬も苦笑し、安堵したせいか急に全身から力が抜けてしまった。

これで、姫と篠が遠からず江戸へ来れば、実質的に玄馬がしばしの別れとなるのは、たった一人だけと言うことになる。

こうなると、すぐにも江戸へ行きたくなってきてしまった。最初は、最も嫌いなせん一人と江戸へ行くと思っていたのだから、それに比べれば万々歳である。

それに江戸屋敷で千影と暮らせるのなら、なおさらせんには実家に戻ってもらうのが一番良いだろう。

玄馬の心は早くも、まだ見たこともない江戸に飛んでいた。

「では、女の扱いが、どれほどの手練れになったか見せていただきましょうか」

夕月は言い、床を延べて帯を解きはじめた。

玄馬も急激に淫気を湧き上がらせ、手早く着物と袴を脱ぎ、下帯まで解いて全裸になってしまった。

先に横になっていると、すぐに夕月も添い寝してきた。

腕枕してもらうと、懐かしい吐息と体臭が甘く鼻腔を満たしてきた。玄馬は甘えるように縋《すが》り付き、色づいた乳首を含んだ。

「そう。自分で思い通りにしてみてくださいな」

夕月が囁き、身を投げ出してきた。

玄馬は強く吸い、舌で転がし、軽く歯を立てながらもう片方の膨らみを揉んだ。

同じ豊かな乳房でも、たつや篠とは違い、実に逞しい張りが感じられた。

両の乳首を交互に吸い、充分に愛撫してから腋の下に顔を埋め、甘く優しい匂いを胸いっぱいに吸い込んでから、唇を求めていった。

唇が重なると、夕月は前歯を開いて彼の舌を受け入れ、ぬらぬらとからませながら吸ってくれた。甘い吐息と唾液に、玄馬はすっかり酔いしれた。

そして首筋を舐め下り、熟れ肌をずっと下までたどっていった。腰から張りのある太腿を味わい、足裏から指の股まで味わった。

「ああ……、上手よ、とても……」

夕月はうっとりと声を洩らし、彼の口の中で爪先を蠢かせた。

玄馬は両足とも、味も匂いも消え去るまでしゃぶり、引き締まった脚の内側を舐め上げて股間を目指していった。

やがて夕月も僅かに両膝を立て、大股開きになって彼の顔を受け入れてくれた。

玄馬は内腿の間に顔を進め、十六年前に千影を産んだ陰戸を見つめた。

黒々とした茂みは柔らかそうで、はみ出した陰唇はねっとりと蜜に潤っていた。指で広げると、奥の柔肉が妖しく蠢き、膣口周囲の細かな襞も粘液がまつわりついていた。

舌を差し入れて舐め回し、光沢のあるオサネに吸い付くと、

「あう！」

夕月が声を洩らし、悩ましげに腰をくねらせてきた。

玄馬は執拗に舌先をオサネに集中させ、悩ましい匂いで胸を満たしながら溢れる淫水をすすった。

もちろん両脚を浮かせ、尻の谷間を広げて可憐な肛門にも舌を這わせた。秘めやかな匂いに鼻腔を刺激されながら、彼は念入りに襞の隅々を舐め、内部にも潜り込ませて、ぬるっとした粘膜を味わった。夕月は肛門を開いたり締め付けたりして、まるで彼の舌を味わうように収縮を繰り返した。

「私にも舐めさせて……」

夕月が言い、彼を引き寄せて胸を跨がせた。

すると彼女は豊乳の谷間に肉棒を挟み、優しく揉みしだきながら顔を上げ、長い舌を伸

ばして亀頭を舐めまわした。さらに丸く開いた口ですっぽりと肉棒を呑み込み、舌をからみつかせて温かな唾液に浸してくれた。

さすがに、他の誰よりも唇や舌の蠢き、吸い方が巧みだった。

玄馬は高まり、危うく漏らしそうになる頃、夕月がちゅぱっと軽やかな音を立てて口を離してくれた。

「いいわ、入れて……」

夕月が言い、玄馬は再び彼女の股間に身を置き、一物を構えて挿入していった。

感触を味わいながらゆっくりと根元まで貫くと、

「アア……」

彼女が顔をのけぞらせて喘ぎ、深々と受け入れた。玄馬は身を重ね、夕月の温もりと感触に包まれながら、熟れ肌にのしかかった。

締まりは良く、内部の蠢きも実に心地よかった。玄馬は小刻みに動き、果てそうになると止め、それを繰り返しながら高まっていった。

淫水も量を増し、動きは何とも滑らかだった。

そして玄馬がいよいよ我慢できなくなり、動きを速めていくと、急に夕月が言った。

「待って……。ゆっくり抜いて、そのままお尻に入れてみて……」

「え……？　は、入るのですか……」

「もちろん。陰間はそうして楽しむのですから。これも、通常とは変わった感覚なので、体験しておいた方がよろしいでしょう」

言われて、玄馬は急に好奇心を覚えた。

果てそうになっている気を引き締め、玄馬はゆっくりと一物を引き抜いた。

すると夕月は自ら両脚を抱え上げ、彼の方に肛門を向けた。そこはさっき舐めた唾液と上から滴る大量の淫水に、ぬめぬめと潤いながら収縮していた。

玄馬は幹に指を添え、蜜汁に濡れた先端をそっと押し当てた。

「いいわ、強く押し込んで……」

夕月は、体験済みなのだろう。息も詰めずに言い、しきりに肛門をゆるめていた。

玄馬がぐいっと力を入れて腰を進めると、ぬめって張りつめた亀頭は難なくぬるりと潜り込んでしまった。

「く……」

夕月は僅かに声を洩らしたが、さして辛そうな様子はない。可憐な襞が、今にも裂けそうなほど光沢を持ってぴんと張りつめた。しかし、最も太い雁首が潜り込んでしまうと、あとは比較的楽に、ずぶずぶと入れていくことが出来た。

やはり膣内とは感触も温もりも違っていた。その妖しく不思議な感覚を得ながら、玄馬は深々と押し込んだ。

やがて彼の下腹部に、尻の丸みがきゅっと当たって弾んだ。後ろ取りの挿入以上に、尻の柔らかさが感じられて心地よかった。しかも、さすがに入り口周辺の締まりが良く、内部も思った以上に滑らかだった。

「いいですよ。強く動いても」

言われて、玄馬は様子を見ながら律動を開始した。夕月の力の抜き方が良いのか、その動きは次第に激しくなっていった。

「ああッ……、い、いきそう……」

玄馬が口走ると、

「いいわ、出して、いっぱい。私も気持ちいい……！」

夕月が締め付けながら言い、しかも自分の乳首をつまみ、さらにオサネまで激しくこすりはじめていた。その淫らな様子に、玄馬はあっという間に昇り詰め、美女の底のない穴の奥に激しい勢いで射精していた。

内部に満ちる精汁に、動きはさらにぬらぬらと滑らかになった。

やがて出し切り、玄馬は初めての体験に満足し、うっとりと力を抜いていった。

三

「いいですか。後ろの穴に入れたときは、必ず洗わないといけません」

湯殿で、夕月が念入りに一物を洗ってくれながら言った。

浜屋敷の湯殿は、まず誰も来ることはない。今日はもともと夕月が勝手に使って良いことになっているのだろう。

しかし昼間だからまだ沸かしておらず、昨夜の残り湯だった。それでも初夏だから、ぬるま湯が心地よかった。

満足げに萎《な》えていた一物も、夕月の両手に包まれ丁寧に洗ってもらっているうち、すぐにむくむくと回復してきそうになってしまった。

「まだ立たせないで。ゆばりを放って、尿口の内部まで洗い流すのです。さあ」

言われて、玄馬は懸命に勃起を堪えながら、尿意を高めはじめた。

女たちには強要したものの、いざ自分の番となると、見られているときはなかなか出ないものだ。

それでもようやく出すことができ、ちょろちょろと放った。それが正面に座っている夕月の胸に降りかかるのを見ると、やけに淫らな気分になり、最後まで絞り出すまでには、すっかり回復してしまっていた。

夕月は、彼が全て出し切る前にぱくっと亀頭をくわえ、余りをちゅっと吸い出してくれた。彼女の喉がごくりと鳴ると、玄馬は堪らずに勃起を強めてしまった。

「ああ……」

浴槽に寄りかかりながら彼がうっとりと喘ぐと、夕月もすぐに口を離した。

「これで大丈夫。中も綺麗に洗われました」

彼女は言い、ちろりと舌なめずりした。その艶めかしい表情と、湯を弾く脂の乗った肌の悩ましさに、玄馬はたちまち淫気を満たした。

「夕月様も、出してみてください。こうして……」

玄馬は座り込み、目の前に彼女を立たせた。そして片方の脚を浮かせ、浴槽のふちに乗せさせた。

大股開きになった割れ目から、桃色の柔肉が覗いていた。

「出して良いのですか」

「ええ、どうか……」

玄馬は、すっかり病みつきになったようにせがんだ。夕月もすぐに、筋肉に引き締まった腹部を緊張させ、迫り出すように柔肉を蠢かせた。

やがて、今までの誰よりも早く、割れ目から水流が漏れてきた。

それはゆるやかな放物線を描いて彼の胸を直撃し、ほのかな匂いを揺らめかせながら温かく肌を伝い流れ、勃起した肉棒を心地よく浸した。

玄馬は舌を伸ばして流れを受けた。夕月は何も言わず、慈愛の眼差しでじっと彼を見下ろしていた。

何を要求しても拒まずためらわない彼女こそ、理想の女なのだと玄馬は思った。

味も匂いも淡く、これも抵抗なく喉を通過した。玄馬は激しく興奮しながら夕月の出したものを受け入れ、流れが治まると割れ目に口を付け、余りをすすった。

舌を這わせると、やはりすぐにもねっとりとした淡い酸味の淫水が満ちてきた。

「ああ……、いい気持ち……」

夕月がうっとりと声を洩らし、彼の舌の刺激に合わせて柔肉をひくひくと動かした。

「さあ、では今度は陰戸でしっかりお出しくださいませ」

彼女は言い、その場に玄馬を仰向けにさせた。そして彼の股間に跨り、上からゆっくりと交接してきたのだ。

「く……！」

屹立した肉棒が、ぬるぬるっと夕月の柔肉に呑み込まれていくと、玄馬は思わず快感に呻いた。

彼女は完全に座り込んで股間を密着させ、覆いかぶさりながら、彼の顔に乳房を押しつけたり舌を這わせたりしてくれた。そして徐々に腰を動かし、何とも心地よい柔襞の摩擦を繰り返してくれた。

「す、すぐいきそうです……」

急激に高まりながら、玄馬は口走った。やはり、いかに女修行を積んでも、この女神にかかっては赤子のようなものなのだ。

「良いのですよ。我慢せず、たっぷりお出しなさい」

甘い息で囁かれ、さらに口から鼻まで優しく舐められると、もうひとたまりもなく玄馬は昇り詰めてしまった。

「ああッ……、いく……！」

股間を突き上げながら口走り、玄馬は激しく夕月にしがみついた。そして快感に包み込まれながら、ありったけの熱い精汁を放った。

夕月の柔肉はきゅっきゅっと悩ましい収縮をしながら、最後の一滴まで吸い出してくれた。やがて玄馬がぐったりとなると、夕月も動きと締め付けをゆるめ、柔肌で彼を包んで余韻に浸らせてくれた。

「母上様……」

朦朧とした心地よい疲労と満足のなか、玄馬は思わず口走り、彼女の内部でぴくんと肉棒を震わせるのだった……。


——玄馬が浜屋敷から自宅に戻ると、せんはすっかり旅支度を済ませ、江戸への土産物《みやげ》まで買い揃えていた。

「明日の午後、出港と決まりました」

「そうですか。楽しみですわ」

「船は初めてでしょう。大丈夫ですか」

「はい。きっと楽しい旅になることでしょう」

せんは笑顔で答えた。言ったものの、玄馬も船は初めてなので、酔いが心配だった。

「では私は、残務整理もあるので今夜は城内に泊まります。明日の昼、浜屋敷で落ち合うと言うことでよろしいですね」

「はい。承知いたしました」

せんは、機嫌良く彼を送り出した。もう今夜は情交する気もなく、明日に備えて早寝するつもりなのだろう。

玄馬は、夕刻に近かったが城内に戻り、最後の夜を過ごすことにした。

四

「なあ千影。術でも使って、せんとさっぱり別れるようなことはできないものだろうかなあ。お互いに傷つかないような方法で……」

玄馬は、千影を抱きながら囁いた。

「そのようなことを仰るのなら、玄庵様のことを嫌いになります」

「あ、いや、悪かった。もう言わないよ……」

千影に言われ、玄馬は慌てて取り繕った。

「それに、そのような術があるものなら、いつの日か姥山に帰るとき、自分に施したいです……」

千影が寂しげに言う。いつかくる玄馬との別れを言っているのだ。

「そうか、そうだな……。いや、まだまだ先のことを言うのはよそう。これから三年も江戸で一緒なのだからな」

「はい……」

千影が小さくこっくりすると、玄馬は愛しくて彼女に縋り付いた。

抱くのではなく、美少女に腕枕してもらっているのだ。どうしても玄馬は、多くの女を知ろうとも基本的には女体に包まれ、甘える体勢の方が好きなのである。

千影の胸に顔を埋めると、腋の甘ったるい匂いに、上から吐きかけられる甘酸っぱい果実のような息の匂いに包まれた。玄馬が、この上なく至福を感じるときだ。永遠に、千影の体臭や吐息だけを吸い込んで生きていたいとさえ思った。

乳首に吸い付き、舌で転がすと、

「ああ……」

すぐにも千影が熱く喘ぎはじめ、ぎゅっと彼を胸に抱きすくめてきた。

玄馬はしがみつきながら仰向けになり、彼女を上にさせていった。

淫気は満々なのだが、やはり初めて生まれ育った小田浜を出ることに緊張しているのだろう。自分からあれこれするよりも、今夜はとことん千影に甘え、彼女に翻弄されたい気分だった。

上になると、千影は自分から彼の顔に乳房を押しつけて吸わせ、次第に息を弾ませながら唇を重ねてきた。

玄馬は美少女の口吸いを受け、激しく舌をからめた。せがむと千影はとろとろと温かな唾液を注ぎ込んでくれ、彼はこの世で最も好きな女の唾液と吐息を心ゆくまで味わい、うっとりと酔いしれた。

千影も、彼が身を投げ出しているので心得、積極的に愛撫してくれた。

頬から耳の穴を舐め、耳たぶを軽く嚙んでから首筋を舐め下り、彼の乳首を吸い、徐々に真下へと降りていった。

すでに一物は天を衝く勢いで、雄々しく屹立していた。

昼間は母親と、夜はその娘と交われるとは何という幸せであろうか。

股間に彼女の熱い息がかかると、玄馬は千影の下半身を抱き寄せ、上から跨《また》がせた。

「あん……」

千影は小さく声を洩らし、恐る恐る跨ってきた。やはり何度交接しようとも、主人の顔を跨ぐことだけは抵抗があるようだった。しかし、そのためらいがまた彼の興奮をそそるのだった。

玄馬は彼女の下半身を引き寄せて、下から腰を抱えた。

愛らしい割れ目からは花びらが覗き、その上では可憐な肛門が蕾のようにきゅっと閉じられていた。

玄馬は顔を寄せ、指で陰唇を開きながら中の柔肉に舌を這わせた。甘ったるい花粉にも似た匂いが漂い、舌の刺激にみるみる蜜汁が溢れてきた。

「アア……」

千影は玄馬の顔の上でくねくねと腰を動かして喘ぎながら、自分もすっぽりと肉棒を喉の奥まで呑み込んでいった。そして喘ぎを堪えるように、激しく舌をからめ、強く吸い上げてくる。

玄馬は快感に包まれ、千影の口の中で温かな唾液にまみれながら、ひくひくと幹を震わせた。彼女の熱い鼻息がふぐりをくすぐり、股間全体に温かく籠もった。

そして自分も柔肉を舐め回し、伸び上がって尻の谷間にも鼻を押しつけた。秘めやかな匂いを味わいながら舌で蕾をくすぐり、濡れた襞の中にも舌先を潜り込ませた。

充分に内部を味わってから舌を抜き、オサネを激しく舐め回すと、

「ンンッ……！」

千影は含んだまま熱く呻き、反射的にちゅっと強く亀頭に吸い付いてきた。

玄馬もオサネに舌先を集中させ、溢れる蜜汁に顔を濡らしながら貪った。千影は競い合うように、すぽすぽと顔を上下して口で摩擦してきたが、やがて互いに高まり、同時に口を離した。

もう言葉など要らず、二人は互いの気持ちがよく分かるようになっていた。

千影は身を起こして向き直り、上から彼の股間を跨いでゆっくりと先端を陰戸に押し当てて座り込んできた。

「あぁッ……！」

ぬるぬるっと根元まで受け入れながら、千影が上気した顔で喘いだ。

玄馬も、最高の快感に包まれながら深々と交接した。

千影は股間を密着させると、少しぐりぐりと押しつけるように動かしてから、やがて身を重ね、腰を動かしはじめた。

玄馬も彼女を抱き留め、股間を突き上げながら絶頂を迫らせていった。

「アア……、気持ちいい……」

千影が目を閉じ、顔をのけぞらせて口走った。

玄馬も彼女の重みと温もり、匂いを感じながら急激に高まった。

「千影……、好きだ。この世で一番……」

「ああ……、いけません、そのようなこと仰っては……」

千影はしきりに首を振りながら、腰を動かし続けた。溢れた蜜汁が、温かくべっとりと互いの接点をぬめらせ、膣内は彼自身をきゅっきゅっときつく締め付けた。

たちまち、玄馬は激しい絶頂の津波に巻き込まれ、どこまでも昇り詰めていった。

「ああ……、い、いく……！」

口走り、大きな快感とともに大量の熱い精汁をほとばしらせた。

「アア……、熱い……！」

噴出を感じ取った瞬間、千影も気を遣ったように声を上ずらせ、がくんがくんと狂おしく全身を跳ね上げた。

玄馬は最後の一滴まで、最高の気分で放出し尽くし、やがて深い満足とともに動きを止めて身を投げ出した。千影も徐々に動きをゆるめ、力を抜くとぐったりと彼に体重を預けてきた。

「良かった……。まだ、身体が宙を舞うようです……」

千影が彼の耳元で熱く囁き、玄馬も彼女のかぐわしい吐息で胸を満たしながら、うっとりと快感の余韻に浸り込んだ。

まだ深々と潜り込んでいる肉棒は萎えることなく、締め付けられながら脈打っていた。

千影が相手だと、何度でもできるような気がしていた。

だから彼女が身を起こそうとしても離さず、玄馬は少し呼吸を整えただけで、再び玄馬は股間を突き上げはじめた。

「あん……、またですか……」

「ああ、いくらでもできそうなのだ」

「お身体に触ります。明日は江戸へ発たれるのですから……」

「あと一度だけ……」

玄馬は言いながら本格的に動きはじめ、すぐにも次の絶頂が迫ってくる勢いで淫気が高まってきた。

「アア……、何だか、私も……」

千影も息を弾ませ、下からの突き上げに合わせて腰を動かしはじめてくれた。

口を求めると、彼女はぴったりと重ねてくれ、喘いで乾いた彼の口に、再びとろとろと甘い唾液を注ぎ込んでくれた。その適度な粘り気と、芳香を含んだ小泡を感じると、すぐにも玄馬は果てそうになった。

「千影……」

玄馬は呟き、下からしっかりと彼女を抱きすくめながら、立て続けの快感に激しく昇り詰めていった……。

五

「では玄庵。どうか身体に気をつけて。私も、一年を待たずして江戸へ行くことと思いますので」

咲耶が言った。朝、最後の検診を終えたところだ。

「ははっ。姫様もどうかお元気で。では行って参ります」

玄馬は、もう一度しっかりと姫君の美しい顔を目に焼き付けてから、一礼して部屋を辞した。

「私も、姫様と江戸へ行きますので、その折にまた」

廊下では、篠が待っていて名残惜しげに言った。

「はい。篠様もお達者で」

玄馬は言い、周囲に誰もいなかったので、廊下の陰でそっと顔を寄せた。

篠は少し驚いたように身じろいだが、すぐに顔を寄せ、

「紅が溶けるといけませんので……」

言いながら、ちろりと赤い舌を伸ばしてきた。玄馬も舌を伸ばして触れ合わせ、しばし

舐め合った。甘い唾液に濡れた柔らかな舌の感触と、篠の気品あるかぐわしい息を記憶に刻みつけながら、玄馬は激しく勃起してきてしまった。舌だけの接触というのが、何やら激しく淫らだった。

この篠も、すっかり変わったものだ。最初は武芸自慢で姫様命の堅物だったのが、今ではすっかり淫気の虜となっている。

「ああ……、何だかお名残惜しくて、お時間はございませぬか……」

「そう、四半刻（三十分）ほどならば……」

玄馬もすっかり気が高まり、篠の求めに応じることにしてしまった。すでに千影は私物を持って浜屋敷の方へと出向いているから、控えの間は空いているだろう。

二人、急ぎ足で玄馬の部屋に戻った。篠も、そうそう姫の許を離れているわけにいかないから、着物を脱いでいる時間はない。

部屋に入ると、玄馬はすぐに袴を下ろし、下帯を解いて勃起した一物を露出させた。

すぐに篠が膝を突き、肉棒にしゃぶりついてきた。

「ああ……」

温かな口に含まれ、玄馬は快感に喘いだ。城内でするのもこれが最後と思うと、快感の高まりも早い。

篠は喉の奥まで呑み込み、たっぷりと唾液をまつわりつかせて舐め回した。

やがて玄馬は腰を引いて離れ、立っている篠の裾をまくった。むっちりとした白い脚が現われ、彼は股間に潜り込んで陰戸を舐めた。茂みには、すっかり馴染んだ篠の匂いが馥郁と籠もり、すでに陰唇は溢れる蜜汁にねっとりと潤っていた。

「あん……、立って、いられません……」

篠が、がくがくと膝を震わせて喘いだ。

玄馬は彼女の前も後ろも舐め、味と匂いをしっかりと記憶してから顔を離した。

「では、こうしてください」

玄馬はいい、片付けが終わった部屋に一つだけ残った文机に彼女を屈ませ、両手を突かせた。そして裾を捲って後ろから一物を迫らせた。寝かせて着物が乱れるといけないと思ったのだ。

絢爛たる着物から、白く豊かな尻が見えるのは、何とも艶めかしい眺めだ。

玄馬は後ろから陰戸にあてがい、濡れた亀頭をゆっくりと押し込んでいった。

「アアーッ……！」

ぬるっと挿入すると、篠が尻をくねらせながら喘いだ。

根元まで貫き、尻の丸みと弾力を味わいながら、玄馬は腰を抱えた。温かく濡れた柔肉が、きゅっと心地よく締め付けてくる。

彼は最初から激しく腰を突き動かし、最高の摩擦快感を得た。

「い、いきそう……、すぐに……！」

篠が、溢れた淫水で内腿までべっとりと濡らしながら口走った。

玄馬も急激に高まり、あっという間に絶頂の快感に貫かれていた。どくんどくんと思い切り精汁を放ち、強く股間を押しつけた。

「アア……、も、もう……」

篠も狂おしく悶えて気を遣りながら、とうとう尻を突き出していられずに座り込んでしまった。玄馬も抜けないように股間を押し当てながら、動きを止めてうっとりと余韻を味わった。

篠は突っ伏したまま、ひくひくと痙攣を続けている。

やがて玄馬は呼吸を整えて引き抜き、手早く懐紙で互いの処理をした。

篠は、何とか自力で裾を直したものの、とてもすぐには立ち上がれないようだ。

「これで、私は行きます」

「あ、有難うございました。どうか、お気をつけて。ここにてお見送りいたします……」

篠はその場に端座して頭を下げた。

「では」

玄馬は言い、篠に頷きかけてから一人で部屋を出た。

城門まで来ると、忠斎が駕籠を待機させていた。

「おお、何をしていた。すぐ行くぞ」

「はい。お待たせいたしました」

玄馬は言って駕籠に乗り込んだ。あとは真っ直ぐ御幸ヶ浜の屋敷だ。すでに主君正興には、姫の検診の前に挨拶を済ませてある。家の方も、すでに荷を運び終わり、せんも浜屋敷に行っていることだろう。

やがて浜屋敷に着くと、千影や市之進も来ていた。そこで軽く昼餉を済ませ、いよいよ屋敷を出て船着き場へと向かった。

わが小田浜藩の持ち船は、大きな帆を張った五百石の弁財船である。今日は良く晴れて波も穏やかだった。

「大きな船ですね。明夕は江戸と思うと、嬉しくて今夜は眠れそうにありません」

せんが目を輝かせて言った。千影は、せんに気遣って玄馬の近くには来ていない。その千影も、山育ちだけにあらためて大海原と船を物珍しげに眺めていた。

「初めての船ですからね、酔うかもしれません。どうか心お静かに」

「大丈夫でございます。旦那様こそ落ち着かれなさいませ」

玄馬が言うと、せんは笑顔で答えた。よほど小田浜での生活が退屈で、江戸へ帰れるのが嬉しくて堪らないのだろう。

「では、しっかり勉強してこいよ。まず、杉田玄白先生をお訪ねすると良い」

「わかりました。叔父上もお元気で」

市之進に言われ、玄馬も大きく頷いた。

見送りには、甚兵衛とたつも来てくれ、玄馬は丁重に別れを告げた。たつも名残惜しげだが、さすがに亭主の前だから情交の余韻などおくびにも出していない。

そして夕月も見送りにいて、千影と別れを惜しんでいた。

やがて玄馬とせん、千影は船に乗り込んだ。他には、若衆頭をはじめとする、乗組員一行が小田浜からの荷を積み終え、いよいよ出港となった。

「そなたが、助手の千影どのですか。旦那様がお世話になっております」

初めて、せんが千影に声をかけた。

「いえ、こちらこそ。千影でございます」

「今後ともよろしく」

せんは言い、玄馬と千影の中を疑っているのかいないのか、美貌の千影にも笑みを浮かべていた。

玄馬は少しはらはらしながら見守り、やがて離れていく小田浜に目を移した。

三層の天守が見え、さらに雄大な富士が見送ってくれている。

しかしすぐに玄馬は、船の揺れに胸の奥がざわめき、気分が悪くなってきてしまった。

女たちは元気にお喋りしている。

やがて玄馬は、もう一度だけ富士を仰いでから、すぐに一人で部屋に入り横になってしまった。

結城玄庵、十七歳の旅立ちであった。

あとがき

私にとって初めての時代官能長編『おんな秘帖』（小社刊）に登場した老医師、結城玄庵の青年時代を描いてみました。

いつの世でも、男たちの淫気は満々。現代と同じく、工夫を凝らしながら欲望を解消していたことと思います。時代官能を描いていて楽しいのは、何と言っても女性たちのナマの匂いがあることですね。

これから新シリーズとして、安永年間から「おんな秘帖」の文政年間までを、順次描いていきたいと思っております。

今後とも、よろしくお願い申し上げます。

平成十八年初春　　　　睦月影郎

一〇〇字書評

切り取り線

購買動機（新聞、雑誌名を記入するか、あるいは○をつけてください）

- □（　　　　　　　　　　　　　）の広告を見て
- □（　　　　　　　　　　　　　）の書評を見て
- □ 知人のすすめで
- □ タイトルに惹かれて
- □ カバーがよかったから
- □ 内容が面白そうだから
- □ 好きな作家だから
- □ 好きな分野の本だから

●最近、最も感銘を受けた作品名をお書きください

●あなたのお好きな作家名をお書きください

●その他、ご要望がありましたらお書きください

住所	〒				
氏名		職業		年齢	
Eメール	※携帯には配信できません		新刊情報等のメール配信を 希望する・しない		

あなたにお願い

この本の感想を、編集部までお寄せいただけたらありがたく存じます。今後の企画の参考にさせていただきます。Eメールでも結構です。

いただいた「一〇〇字書評」は、新聞・雑誌等に紹介させていただくことがあります。その場合はお礼として特製図書カードを差し上げます。

前ページの原稿用紙に書評をお書きの上、切り取り、左記までお送り下さい。宛先の住所は不要です。

なお、ご記入いただいたお名前、ご住所等は、書評紹介の事前了解、謝礼のお届けのためだけに利用し、そのほかの目的のために利用することはありません。またそのデータを六カ月を超えて保管することもありませんので、ご安心ください。

〒一〇一―八七〇一
祥伝社文庫編集長　加藤　淳
☎〇三（三二六五）二〇八〇
bunko@shodensha.co.jp

祥伝社文庫

上質のエンターテインメントを！　珠玉のエスプリを！

祥伝社文庫は創刊15周年を迎える2000年を機に、ここに新たな宣言をいたします。いつの世にも変わらない価値観、つまり「豊かな心」「深い知恵」「大きな楽しみ」に満ちた作品を厳選し、次代を拓く書下ろし作品を大胆に起用し、読者の皆様の心に響く文庫を目指します。どうぞご意見、ご希望を編集部までお寄せくださるよう、お願いいたします。

2000年1月1日　　祥伝社文庫編集部

おんな曼陀羅《まんだら》　長編時代官能小説

平成18年2月20日　初版第1刷発行

著　者　睦《む》月《つき》影《かげ》郎《ろう》

発行者　深澤健一

発行所　祥《しょう》伝《でん》社《しゃ》
東京都千代田区神田神保町 3-6-5
九段尚学ビル　〒101-8701
☎03(3265)2081(販売部)
☎03(3265)2080(編集部)
☎03(3265)3622(業務部)

印刷所　堀内印刷

製本所　明泉堂

ISBN4-396-33274-2 C0193

祥伝社のホームページ・http://www.shodensha.co.jp/

祥伝社文庫

谷 恒生

乱れ菩薩《ぼさつ》 闇斬り竜四郎

花魁《おいらん》・夕霧の魔性の肌に取り憑かれた殺人鬼。危うし抜刀田宮流・影月竜四郎！ 好評シリーズ第三弾。

峰 隆一郎

新幕末風雲録 勝海舟と西郷隆盛

江戸から東京へ…幕末の転換期に歴史の陰に消された真相と、幕臣の死闘を描く野心作。全五冊完結！

峰 隆一郎

日本剣鬼伝 宮本武蔵《みやもとむさし》

将軍剣術指南吉岡憲法《よしおかけんぽう》に挑戦状を叩《たた》きつけたのは無名の宮本武蔵だった。が、もう一人、宮本武蔵がいた。

峰 隆一郎

日本剣鬼伝 伊東一刀斎《いとういっとうさい》

十四歳の時、襲いくる四人の武芸者を一度に斬り殺した天才剣士一刀斎の、剣鬼と言われた凄絶な秘剣！

峰 隆一郎

日本剣鬼伝 柳生兵庫助

武芸者としてあまりにも美男であったための不幸…自らの甘さを恥じ、自ら棘《いばら》の道を選んだ男の剣は？

峰 隆一郎

日本剣鬼伝 塚原卜伝《ぼくでん》

「命を抛《なげう》つ気迫さえあれば、練達者を凌《しの》ぐのか？」剣術修行の限界を知った卜伝は、人斬り修行の旅に出た。

祥伝社文庫

峰隆一郎　日本剣鬼伝 人斬り善鬼《ぜんき》

老師伊東一刀斎《いとういっとうさい》立ち合いのもと、同門の小野善鬼《おのぜんき》と神子上典膳《みこがみてんぜん》は真剣で対峙《たいじ》。が、老師の裏切りに遭《あ》い…。

峰隆一郎　夜叉《やしゃ》の剣

生類憐みの令下、屋敷に犬の死骸を投げ込まれた水流丸石見《つるまるいわみ》は八丈島に流罪。だが脱獄した石見は…。

峰隆一郎　鬼神の剣

福岡藩士八名に凌辱された妻が、わが子を殺し、自らも命を絶った。鬼神と化して妻の敵《かたき》を葬る法眼《ほうげん》の剣！

峰隆一郎　日本仇討《あだう》ち伝 邪剣

十三年の歳月をかけて仇《かたき》を追う遺児と忠僕たち。宝暦《ほうれき》十三年（一七六三）、実際にあった仇討ちを苛烈に描く。

峰隆一郎　日本仇討ち伝 烈剣（江戸浄瑠璃坂の対決）

寛文《かんぶん》十二年（一六七二）、赤穂浪士《あこうろうし》に先立つこと三十年、四十人対六十人が激突した因縁の大仇討ち…。

峰隆一郎　日本仇討ち伝 凶剣（崇禅寺《すぜんじ》馬場の死闘）

義弟の仇を討つべく立ち上がった大和郡山藩の二兄弟。正徳《しょうとく》五年（一七一五）、大坂の町を揺るがせた世紀の仇討ち。